KB048934

여행자의 밤

낯선 공기와 어둠이
위로가 되는 시간

여행자의 밤

장은정 지음

북라이프

여행자의 밤

1판 1쇄 인쇄   2018년 6월 21일
1판 1쇄 발행   2018년 6월 30일

지은이 | 장은정
발행인 | 홍영태
발행처 | 북라이프
등 록 | 제313-2011-96호(2011년 3월 24일)
주 소 | 03991 서울시 마포구 월드컵북로6길 3 이노베이스빌딩 7층
전 화 | (02)338-9449
팩 스 | (02)338-6543
e-Mail | bb@businessbooks.co.kr
홈페이지 | http://www.businessbooks.co.kr
블로그 | http://blog.naver.com/booklife1
페이스북 | thebooklife
ISBN 979-11-88850-14-3   03810

이 밤을
내가 사랑하는 모든 이들에게
보여주고 싶다.

여행이 위로가 되는 밤

낯설어서 눈만 끔벅거린 여행.

마음 둘 곳이 없어 헤매던 여행.

숨 막히는 일상에 도망치듯 떠난 여행.

친구와 다투고 마음이 불편했던 여행.

뜻밖의 행운을 만난 여행.

시간 가는 줄 모르고 행복했던 여행.

예기치 못한 운명을 만난 여행.

하루빨리 집으로 돌아가고 싶었던 여행.

그 모든 여행에서 밤은

빛이 사라지면 시작되는 새로운 여행이었다.

어떤 밤에는 축제의 길 위에 서 있었고,

어떤 밤에는 오로라가 춤추는 초원에 앉아 있었다.

자꾸 웃음이 새어 나올 만큼 행복이 가득 차오르던 밤도,

가만히 앉아 유난히 새카맣던 하늘만 바라보던 밤도 있었다.

외로움에 휩쓸려 긴긴 시간 잠 못 이루던 밤,

두려움에 나 홀로 바들바들 떨던 밤도 있었다.

그러나 그 밤이 어떠했든 여행을 하며 만난 모든 밤은

나에게 위로였다.

축제의 길 위에서 소중한 사람들을 떠올리며 웃었고,

오로라가 춤추는 들판 위에서

선물 같은 빛의 향연에 취했다.

부모님과 함께 발 맞춰 여행하며 기쁨으로 벅차오른 밤에는

길고 긴 일기를 썼다.

한국에 있는 남편이 보고 싶던 밤에는

돌아가면 제일 먼저 반겨줄 사람이 있음에 감사했다.

여행의 밤은 나에게

여행이라서, 여행이니까, 여행이므로 괜찮다고 말해주었다.

한숨을 내뱉어 마음을 환기하는 것처럼

그렇게 삶을 맑게 유지해야 한다고 말해주었다.
그러므로 여행은 계속되어야 한다고.
이토록 아름다운 시간이 있음에 감사해야 한다고.
언젠가는 이 여행이 삶을 반짝이게 해줄 거라고.
아니, 지금도 여행 덕분에 내 삶이 반짝인다고
늦은 밤, 고요한 시간은 내게 속삭였다.

별처럼 반짝이고 밤하늘처럼 깊었던 그 말들을 믿는다.
그리고…

이 밤이 지나면 일상의 온도가
조금은 달라질 것을 믿는다.

장은정

차례

/
설
레
다
/

/
위
로
하
다
/

/
그
리
다
/

/
돌
아
오
다
/

설레다

국경을 넘는 밤

Athens, Greece

현재를 즐겨라.
왜냐하면 너희들이 믿든 믿지 않든
이 방에 있는 우리 모두는 언젠가
숨을 멈추고, 차가워지고, 죽게 되거든.

_ 영화 〈죽은 시인의 사회〉

"아테네에서 버스를 타면 이스탄불까지 갈 수 있는데, 국경에서는 출입국심사를 받아야 하기 때문에 걸어서 국경을 넘을 수 있대. 근데 너무 비효율적이라 곧 운행이 중단된다고 하더라."

아테네 숙소에서 만난 어느 여행자의 말에 가슴이 두근거렸다. 걸어서 국경을 넘을 수 있다니, 게다가 곧 중단될지도 모른다니! 지금이 아니면 또 언제 이런 경험을 해볼 수 있을까.

그날 저녁, 오징어튀김과 맥주를 잔뜩 준비했다. 친구를 설득할 속셈이었다. 비행기로 한 시간 반이면 닿는 거리였지만 버스로는 스무 시간을 가야 했으니 친구가 망설이거나 거절하더라도 당연한 일이라고 생각했다. 그러나 맥주 한 잔을 다 마시기도 전에 친구는 '콜'을 외쳤다.

"그래, 지금이 아니면 언제 해보겠어. 까짓것 타보지 뭐!"

그렇게 우리는 예약해뒀던 이스탄불행 비행기 표를 취소하고 버스 표를 예매했다. 야간열차는 수없이 타봤지만 야간버스는 처음이었다. 그래서 전혀 가늠하지 못했다. 스무 시간 동안 버스를 탄다는 것이 얼마나 힘든 일인지 알았다면 시도하지 않았을지도 모른다. 때때로 용기는 무지에서 나오는 법이니까.

버스터미널에 도착해 가장 편한 바지로 갈아입고 장거리 이동의 필수품인 목베개와, 담요를 대신할 스카프도 꺼내두었다. 슈퍼마켓에 들러 물과 간식까지 준비하고 나서 씩씩하게 버스에 올랐다. 버스에는 비행기처럼 승무원도 있고, 화장실과 개인 모니터도 갖춰져 있었다. 모든 것이 신기했던 우리는 설레고 신이 나서 콧노래까지 흥얼거렸다. 이런 훌륭한 버스라면 스무 시간쯤이야 별 탈 없이 버틸 수 있을 것 같았다.

버스는 저녁 7시에 아테네를 출발해 테살로니키를 거쳐 다음 날 오후 3시에 이스탄불에 도착한다고 했다. 드디어 20시간의 긴 여정이 시작된다. 국경의 밤이 조금씩 다가오고 있었다.

버스는 두세 시간마다 한 번씩 정차했다. 휴게소나 작은 터미널을 수도 없이 들르면서 승객을 계속 태웠다. 좌석의 3분의 2 정도 자리를 비운 채 출발했던 버스는 어느새 만원이 되었다. 마음껏 의자를 뒤로 젖힐 수도, 의자를 두 개씩 차지하고 다리를 쭉 뻗을 수도 없었다. 뒷자리 아저씨의 코 고는 소리는 마치 천둥소리처럼 크게 들려왔다. 터키어와 그리스어가 뒤섞인 알 수 없는 말들이 귓가에서 윙윙거렸다. 잠이 들려 하면 버스가 멈춰서 불이 켜졌고, 까무룩 잠이 들었다가도 뒷자리의 코 고는 소리와 앞자리 어디선가 터져 나오는 아기 울음소리에 번쩍 깨기를 반복했다.

한 번 정차할 때마다 버스는 꼬박 30분씩을 쉬었다. 지도에서 봤을 때 아홉 시간이면 충분할 거리가 왜 스무 시간이나 걸리는지, 이 버스가 왜 효율적이지 못하다 했는지, 왜 곧 운행을 중단하는지, 그제야 알 것 같았다. 우리가 야간버스로 이동한다고 했을 때 숙소에 함께 묵던 사람들이 왜 눈을 동그랗게 뜨고 우리를 바라봤는지에 대한 의문도 말끔히 풀렸다.

시간은 어느덧 새벽을 향하고 있었다. 버스는 느리고 느리게 달려 드디어 국경에 닿았다.

"여기서 다 내려야 해요. 여기는 출국 도장을 찍는 곳이고 조금 더 가면 터키 입국심사를 하는 곳이 있어요."

테살로니키에서 버스에 오른 한국인 남학생들을 따라 버스
에서 내렸다. 이스탄불에서 유학 중인 그들은 비효율적이고 힘
들기로 악명 높은 야간버스를 벌써 세 번째 탄다고 했다. 느리
지만 재미있어서 자꾸 타게 된다면서 이 느려터진 버스가 너무
웃기다고 했다. 탈 때마다 각기 다른 사람들의 반응을 보는 재
미도, 계절마다 달라지는 창밖 풍경을 보는 재미도 쏠쏠하다면
서 말이다. 버스 운행이 중단되기 전에 마지막으로 한 번 더 타
고 싶었다는 그들은 오직 이 버스를 타기 위해 테살로니키로 짧
은 여행을 다녀오는 길이었다.

"느린 여행이 기억에 더 오래 남는 법이잖아요. 빠르게 지나
가면 볼 수 없는 것들도 느릿느릿 천천히 가면 다 볼 수 있으
니까요."

순간을 즐길 줄 아는 친구들이었다. 혼자라면 힘들었겠지만
친구가 곁에 있어 가능했다는 그들의 말에 그저께 밤에 친구
앞에 내밀었던 오징어튀김과 맥주가 떠올랐다. 나보다 네댓 살
은 어린 친구들이었지만 훨씬 더 어른스럽게 느껴졌다.

우리 모두는 국경에 섰다. 드디어 여권에 그리스 출국 도장이 쾅 찍혔다. 여권을 손에 들고 눈이 마주친 친구와 나는 그만 웃음이 터졌다.

"미안하다. 이게 뭔 고생이니."
"아니야. 힘든데 재미있어. 이렇게 국경을 넘는 건 아무나 할 수 없어."
"아니, 그렇긴 한데 너무 힘들어. 흐흐흐…."

두 발로 국경을 넘었던 그 밤에, 우리는 많이 웃었다. 이 모든 상황이 어이가 없어서 웃었고, 국경을 넘는 일이 생각보다 대수롭지 않아서 웃었다. 우리에게는 난생처음 겪는 생소한 경험이 누군가에게는 매일매일 반복되는 심드렁한 일상일 뿐이었다. 여행이란 누군가의 일상으로 들어가는 일이기도 했다.

버스는 터키로 입국하는 국경에서 다시 멈춰 또 한 시간을 머물렀다. 몇 분 만에 여권에는 또 하나의 도장이 늘었다. 조금씩 그렇게 날이 밝고 있었다.

국경 근처 휴게소에서 유학생 친구들과 함께 아침을 먹고 커피를 마셨다. 힘들고 지겹다는 생각을 걷어내자 그 모든 순간이 즐겁고 소중했다. 버스를 스무 시간이나 타고, 휴게소를 열두 번도 넘게 들르는 여행을 살면서 감히 또 할 수 있을까.

　몇 주 뒤, 친구와 나는 이스탄불에서 불가리아의 소피아로
짧은 여행을 다녀왔다. 또다시 걸어서 국경을 넘었고, 여권에는
총 네 개의 도장이 찍혔다. 스무 시간의 야간버스를 경험한 후
라서 그랬는지, 아홉 시간쯤은 이제 아무렇지도 않았다.
　그 뒤로도 우리는 터키의 지방 도시들을 여행하며 몇 번이나
더 야간버스에 올랐다. 다시 이스탄불로 돌아올 즈음에는 '야간
버스 잘 타는 법'을 다른 여행자들에게 가르쳐줄 지경에 이르렀
다. 야간버스에 비하면 유럽의 야간열차는 거의 호텔 수준이라
며 허세를 부리기도 했다. 여행 중 만난 그 누구도 우리보다 더
오랜 시간 버스를 타고 국경을 넘은 사람은 없었다. 그 사실에
괜히 어깨가 으쓱했다. 사서 고생한 보람이었다.

　흔들리는 버스 안에서 스무 시간 동안 웅크리고 앉아 자다
깨다를 반복했던 그날 밤, 온몸은 두드려 맞은 것처럼 쑤시고
뻐근했지만 묘한 성취감에 기분은 오히려 상쾌했다. 지금이 아
니면 다시는 경험해볼 수 없을 것만 같았던, 그래서 더 그 시간
을 즐기려 했던 우리는 아마도 그날 그 버스에서 가장 행복한
여행자였을지도 모른다. 시간을 되돌려 다시 그때로 돌아간다

고 해도 나는 또 그 야간버스를 탈 것이다. 그날 밤이 있었기에 우리의 여행이 더 특별해졌으니까.

결국 모든 것은 마음먹기에 따라 달라짐을 아는 것, 힘들고 고된 여정이라 할지라도 그 순간을 즐기는 것만으로도 여행은 특별해진다고 믿는다.

당신의 여행이 오늘 더 특별하고 행복하기를. 카르페디엠.

첫날밤

London, England

더욱 담백하게,
더욱 소소하고 내밀하게,
우리가 이미 마음 깊숙한 곳에
각자 지니고 있는
행복의 가능성을 발견하는
오늘이 되었으면.

_ 〈똑똑 – 월간 정여울〉, 정여울, 천년의상상

첫사랑, 첫 키스, 첫 출근 그리고 첫 여행.

모든 것의 '처음'에는 늘 두려움이 따라다닌다. 실패에 대한 두려움, 낯선 것에 대한 두려움, 가보지 않은 길에 대한 두려움. 모든 일의 첫 번째 경험은, 그 두려움을 이겨내고 얻어낸 것이기에 더 선명하고 오래도록 기억에 남는다.

그래서일까 첫 여행의 기억이 아직도 선명하다. 한국을 벗어나, 그것도 열한 시간이나 비행기를 타고 가는, 첫 여행치고는 꽤 대담한 여정이었다.

인천공항에도 처음 가보았다. 열흘하고도 이틀이나 가족과 떨어져 생전 처음 보는 사람들과 그 긴 시간을 함께 여행한다니. 떠나기 전날 밤에는 온갖 두려움으로 잠이 오지 않았다. 결국 한숨도 눈을 붙이지 못한 채로 여행이 시작되었다.

내 생애 첫 여행은 유럽 패키지여행이었다. 대학 졸업식을 앞둔 겨울, 낯선 사람들과 함께 떠난 여행. 12일 동안 런던과 파리, 로마와 피렌체, 프랑크푸르트, 취리히까지 총 다섯 나라, 여섯 도시를 둘러보는 빠듯한 일정이었다. 지금 생각하면 황당할 정도로 급하고 대충대충 건너뛰는 식의 일정이었지만 그때는 그것마저도 설레고 행복해서 시종일관 웃음이 떠나지 않았다.

첫 번째로 도착한 도시는 런던이었다. '〈노팅 힐〉의 도시에 내가 왔다니!' 그 사실만으로도 너무 기뻐서 폴짝폴짝 뛰어다녔다. 한국과 똑같은 디자인의 코카콜라, 맥도널드, 스타벅스에도 손뼉을 치고 사진을 찍었다. 기차처럼 의자가 두 개씩 마주 보고 놓인 지하철도 신기했고 사진에서만 보았던 빨간색 이층 버스에도 감동했다. 나의 어설프고 짧은 영어가 통한다는 것이 재미있어서 쓸데없이 자꾸만 말할 거리를 찾기도 했다. 모든 것이 신기했던 나는, 태어나서 처음으로 아이스크림을 맛본 어린아이 같았다. 달콤한 신세계를 맛보고 눈이 동그래진 어린아이.

낯선 땅에서의 첫날밤을 맞았다. 방은 좁고, 춥고, 눅눅했다.

엘리베이터가 없어 커다란 배낭을 짊어지고 4층까지 올라가야 했다. 샤워실 물이 잘 빠지지 않아 샤워를 하다가도 몇 번이나 멈춰 서서 물이 빠지기를 기다렸다. 침대 옆 라디에이터는 도무지 작동할 기미가 보이지 않아서 가지고 온 옷을 여러 겹 껴입고 겨우 잠자리에 들었다.

그럼에도 정말 행복했다. 그때의 나는 겨우 스물네 살이었고, 한국을 떠나 낯선 나라에서의 첫날밤이었으며 오래도록 꿈꾸던 유럽에 있었으니까.

낡고 비좁은 방쯤이야 전혀 대수롭지 않았다. 형광등이 없고 바닥 전체에 카펫이 깔린, 박물관에나 있을 법한 커다란 열쇠로 문을 열어야 하는 방. 그날 밤엔 그 작은 공간의 모든 것이 한없이 좋고 신기했다. 까짓것 조금 추우면 어때, 나는 지금 런던에 있는데. 샤워실 물이 좀 빠지지 않으면 어떻고 침대가 좀 삐걱거리면 어때.

이런들 어떠하며 저런들 어떠하리.
그날 밤엔 추운 줄도 모르고 꿀잠을 잤다.

지금 생각해보면 그때의 나는 가장 순수하고 때 묻지 않은 어린아이 같은 여행을 했다. 모든 것이 새롭고 신기해서, 사소한 일에도 눈을 동그랗게 뜨고 폴짝거리던 여행. 비좁고 낡은 방마저도 기억에 담아두고 싶었던 여행. 기름 범벅의 '피시앤드칩스'에 콜라를 벌컥벌컥 들이켜면서도 불평 한마디 하지 않았던 여행.

다시 그런 여행을 할 수 있을까.

다시 한번 그때의 나처럼 여행을 하려면, 어디로 가야 하는 걸까.

문득, 오래전 그 첫날밤이 그립다.

눈부시게 반짝이는 밤

Prague, Czech

생각대로 되지 않는다는 건
정말 멋진 것 같아요.
생각지도 못했던 일이
일어난다는 거니까요!

_ 《빨강머리 앤》, 루시 모드 몽고메리

프라하에서의 날들은 행복하지 않았다. 하루는 비가 쏟아져 쫄딱 젖었고, 하루는 친구와 사소한 일로 다퉜다. 또 다른 하루는 체한 탓에 저녁 내내 끙끙 앓았다. '프라하에서 해야 할 일'이라고 적어놓은 것들은 반도 지우지 못했다. 행복해지려고 떠나온 여행인데 행복하지 못한 날이 며칠째 계속되니 우울했다. 그저 빨리 프라하를 떠나고 싶었다.

"옆방 언니들이 야경 보러 가자는데 같이 갈래? 힘들면 쉬어. 언니들이랑 얼른 다녀올게."

소화제를 먹고 처진 기분으로 침대에 누워 있는 내게, 친구가 조심스레 물었다.

"아냐, 나도 갈래. 나도 야경 보고 싶어!"

나는 벌떡 일어나 외투를 입고 스카프를 칭칭 둘렀다. "괜찮겠어?"라고 물으면서도 친구의 얼굴은 신이 나서 웃고 있었다. 괜스레 미안하고 고마웠다. 나 때문에 친구의 프라하까지도 망치고 있는 것만 같아서, 그럼에도 같이 가자고 일으켜줘서.

"아까보다 훨씬 괜찮아. 그냥 체한 건데 뭐. 그리고 가만히 누워 있는 것보다 좀 돌아다니는 게 더 좋을 것 같아. 걱정하지 마!"

우리는 함께 팔짱을 끼고 어두워진 거리를 걸었다. 앞서가는 옆방 언니들은 비가 왔던 어제도, 추웠던 그제도 야경을 보러 다녀왔다고 했다. 다른 도시로 떠나기 전에 마지막으로 한 번 더 보고 싶어서 가만히 있을 수가 없었다던 그녀들은 처음인 우리보다 훨씬 더 들떠 있었다. 목적지가 가까워질수록 발걸음이 빨라졌다. 졸졸 쫓아가던 우리의 발걸음도 덩달아 바빠졌다.

"여기야!"

두 사람의 발걸음이 멈춘 곳에는 내가 몰랐던 진짜 프라하가 있었다.

기분이 좋지 않아서, 날씨가 나빠서, 몸이 아파서 외면했던, 아니 외면하고 싶었던 프라하의 예쁜 얼굴이 반짝반짝 빛나고 있었다. 말도 안 되게 아름다운 그 얼굴 앞에서 나는 할 말을 잃었다. 세상에 프라하가 이렇게 아름다운 곳이었다니, 이렇게 예쁜 곳에 내가 서 있다니, 이렇게 눈부신 프라하를 모르고 떠날 뻔했다니! 비록 인간이 만들어낸 인공의 반짝임이라 할지라도, 프라하의 밤은 그 존재만으로도 충분히 아름다웠다.

눈물이 날 만큼 아름다운 프라하의 야경을 보며 문득 그리움이 쏟아졌다. 오랜 여행을 함께하는 친구도, 어젯밤 친구가 된 옆방 언니들도 있었지만 그들로는 채워지지 않는 그리움과 외로움이 쏟아져 나왔다. 할 수만 있다면 한국에 있는 나의 모든 사람을 지금 이 순간으로 불러들이고 싶었다. 함께 난간에 걸터앉아 서로의 어깨에 머리를 기대고, 이토록 반짝이는 프라하를 함께하고 싶었다. 되도록 많은 사람들이 프라하의 밤을 보았으면 좋겠다는 생각도 했다. 아주 사소한 빛 하나까지 마음속에 새기고 싶었다. 될 수 있는 한 오래도록 이 순간을 기억하고 싶었다. 나는 어느새 아픈 것도 잊어버렸다.

그날 밤 이후로 나에겐 많은 변화가 생겼다. 힘들고 지쳐 아무것도 하기 싫을 때면 눈부시게 빛나던 프라하의 밤을 떠올렸다. 지금이 아니면 내가 원하는 '언젠가'는 영영 없을 수도 있다. 그래서 지금 이 순간을 충분히 누리고 즐겨야 한다. 할 수 있을 때 마음껏 만끽하고 행복해야 한다. 프라하의 그날 밤엔 불빛만큼 많은 생각들이 반짝거렸다.

그리고 그날 밤, 친구와 나는 비엔나로 떠나기로 했던 계획을 며칠 뒤로 미뤘다. 다음 날엔 시계탑의 전망대에 올라 반짝이는 프라하의 밤을 맞았고, 그다음 날엔 카를교가 보이는 펍에 앉아 프라하의 밤에 빠져들었다. 어둠이 내려앉은 맥주잔 속에는 우리들의 행복이 있었다.

별을 찾아가는 밤

Tokyo, Japan

핸드폰 지도앱에 수백 개의 별표를 쳤다.
맛있다는 추천에, 예쁘다는 추천에, 싸다는 추천에
얼굴도 본 적 없는 타인들의 추천에
별은 끝없이 번식했고
어느새 은하수가 되어버렸다.

_《모든 요일의 여행》, 김민철, 북라이프

새벽 2시 40분. 도시가 깊은 잠에 든 시간.

나는 진즉 잠에서 깨어 낯선 가게의 작은 문이 열리기만 기다리고 있었다. 우리 앞으로 벌써 아홉 명의 사람들이 대기 중이었다.

이게 다 스시 때문이다. 새벽 5시에 문을 여는, 츠키지 시장에서 가장 유명한 집의 스시. 이렇게 이른 시간에 음식점 앞에 줄을 서는 일은 많고 많은 여행 중 처음이었다. 어쩌면 마지막이 될지도 모르겠다.

"난 진짜 이렇게까지 해야 하는지 모르겠어."

"무슨 소리야! 여기가 구글에서 별을 네 개 반이나 받은 곳이야. 여기 사람들 줄 선 거 안 보여? 오늘 너는 인생 스시를 만나게 될 거야."

잠이 덜 깬 나를 여기까지 끌고 온 친구는 이 집에 벌써 네 번째 온다고 했다. 도쿄에 올 때마다 꼭 들르는 곳이라며 너도 반드시 반하게 될 거라고 자신 있게 말했다.

사실 그곳의 유명세는 나도 잘 알고 있었다. 새벽 5시에 문을 열고 오후 2시에 문을 닫는데 보통은 점심시간이 되기 전에 재료가 떨어진다고 했다. 사람들은 새벽 3시가 되기 전부터 줄을 섰다. 워낙 유명한 곳이기에 잘 알고 있었지만 오히려 너무 유명해서 가지 않았다. 새벽부터 줄을 서는 것이 힘들기도 했거니와, 도쿄에 널리고 널린 것이 스시집 아니던가. 게다가 내 입맛에 웬만한 스시는 다 맛있다.

"스시 먹다가 자겠다. 너무 졸려."
"걱정 마. 맛있어서 눈이 번쩍 떠질 테니까."

마침내 5시가 되고 드르륵, 가게 문이 열렸다. 스시를 만드는 주방 테이블과 손님 테이블이 바 형식으로 마주보고 있는 몹시 작은 가게였다. 안쪽부터 차례대로 자리를 채우고 우리는 출입문 가까이에 앉았다.

"아싸! 대장님 자리!"

자리에 앉자마자 친구는 박수를 치며 기뻐했다. 무슨 말인고 하니, 스시를 만드는 조리사가 세 명 있는데 안쪽부터 네 명씩 담당하기 때문에 우리는 맨 마지막 조리사가 담당이라고, 그 조리사가 이 가게의 대장이라고 했다. 여태까지 한 번도 대장님 스시를 먹어보지 못했다며 그녀는 잔뜩 신이 났다.

스시는 별도의 주문 없이 오마카세(주방장 특선 코스)로 제공되었다. 그날그날 신선한 재료를 주방장이 엄선해서 만드는 코스였다. 총 아홉 점이 차례대로 놓이고, 마지막 한 점은 가장 맛있었던 것 하나를 더 주문해서 먹을 수 있다.

길었던 기다림의 시간에 스시 대장님의 손길이 더해진 한 점이 내 앞에 놓였다. 적당한 두께로 썰어 올린 생선은, 스시에 대해 잘 모르는 내가 보기에도 신선해 보였다. 윤기가 반지르르한 신선한 생선회와 탱글탱글한 밥알의 완벽한 만남. 입안에 들어가자마자 스르르 녹아버린다. 4,000엔으로 이토록 질 좋은 스시를 만날 수 있다는 것. 그것이 바로 이른 새벽부터 사람들을 이곳으로 불러 모으는 이유였다. 첫 번째 스시를 채 삼키기도 전에 왜 사람들이 새벽부터 줄을 서는지, 왜 별점을 네 개 반이

나 받았는지, 왜 친구가 네 번씩이나 이곳을 찾았는지도 다 알
것 같았다.

역시, 실패는 없었다. 인터넷의 별점은 믿을 만했다. 때로는
이렇게 다른 사람들이 추천하는 곳을 따라가기만 해도 좋은 여
행이 될 수 있다는 사실을 새삼 깨달았다. 맛이 좋기로 소문난
집에 가서 만족스러운 식사를 하고, 경치가 좋기로 유명한 곳에
가서 인생 사진을 남기는 일도 행복하다. 그런 여행은 적어도 실
패할 확률이 많지 않다.

하지만 나는, 새벽 2시 40분에 스시집 앞에 줄을 서는 일은
이제 하지 않을 것 같다. 아직까지는 그렇다. 누군가가 찍어놓
은 별을 쫓아가는 여행보다는 어딘가에 숨겨진 반짝임을 찾아
다니는 여행이 여전히 더 좋다. 다른 사람에게는 반짝이지 않
을지라도 내 눈에는 그 어느 곳보다 빛나는 곳을 발견하는 것
이 더 좋다. 그러다가 길을 잃을지라도 길가에 핀 들풀 하나에
슬며시 웃음 지을 수 있다면 그것만으로 충분하다. 때론 느리
고 때론 실패할지라도 아직까지는 그렇게 여행하는 것이 더 행
복하다.

내가 찾은 별들로 반짝이는 여행. 그 별들로 지도를 채우는 여행.

생각만으로도 두근두근 가슴이 뛴다.

아침을 기다리는 밤

Fethiye, Turkey

몸 전체가 변하는 기분이죠.
몸 안에 불길이 치솟는 느낌이에요.
그러면 전 그저 한 마리 나는 새가 되죠.
마치 전류를 타는 것처럼요.

_ 영화 〈빌리 엘리어트〉

터키 남부의 작은 도시 페티예.

터키 여행을 준비하면서 항상 염두에 두었던 곳이다. 일정이 꼬이고 예산이 빠듯해도 페티예만큼은 절대로 일정에서 빼지 않았다. 그곳은 나에게 하늘을 달려 날아오르는 꿈이 이루어질 곳이었다.

페티예는 네팔의 포카라, 스위스의 인터라켄과 함께 패러글라이딩 세계 3대 명소로 꼽힌다. 발 아래로 비현실적으로 아름다운 풍경이 파노라마처럼 펼쳐져 '패러글라이딩의 성지'로까지 불린다. 2,000미터 높이의 산 위에서 뛰어올라 지중해 위를 날아다니는 기분이란, 감히 상상도 되지 않았다. 터키에 가려고 마음먹은 그 순간부터 내 마음은 이미 그곳의 하늘을 날고 있었다. 패러글라이딩을 위해 보잉 선글라스도 장만했다.

페티예에 도착한 밤에는 도저히 잠을 잘 수 없었다. 바로 다음 날 손꼽아 기다리던 패러글라이딩을 예약해두었기 때문이다. 설레고 긴장된 마음에 상상과 걱정을 넘나들면서 정신은 오히려 점점 또렷해졌다.

생애 첫 패러글라이딩. 오로지 천 하나와 줄 두 개에 의지해 하늘을 날아다니는 기분은 어떨까? 만약 줄이 끊어지거나 캐노피의 바람이 빠지면 어쩌지? 바람이 너무 많이 불거나 비가 와서 못 타게 되는 건 아닐까? 온갖 걱정이 머릿속을 돌아다녔다. 그러다가 스르륵 잠이 들었다. 꿈속에서 나는 이미 하늘을 날아다녔다. 언뜻 바뀐 다른 꿈속에서는 비 때문에 취소가 되기도 했다. 그렇게 정신없는 밤이 지나 날이 밝았다.

픽업 차량이 오기로 약속한 7시가 되기 한참 전부터 숙소 앞 계단에 앉아 그들을 기다렸다. 시계가 7시에 가까워질수록 심장은 더 빠르게 두근두근 뛰었다. 다행히 하늘은 맑고 따뜻했고 바람도 많지 않았다. 패러글라이딩을 하기에 딱 좋은 날씨. 예감이 좋았다.

다른 나라에서 온 여행자들과 함께 우리를 태운 트럭은 울퉁불퉁하고 구불구불한 산길을 한참이나 달려 산꼭대기에 닿았다. 건장한 청년들이 트럭 위로 올라 캐노피와 장비를 내렸다.

또 다른 청년은 슈트와 헬멧을 나눠주며 은근히 겁을 주었고, 긴장을 풀어주려 농담을 던지기도 했다. 하지만 그때 그와 무슨 이야기를 나누었는지 사실 잘 기억이 나지 않는다. 생각나는 건 쿵쿵 울리던 내 심장 소리뿐이었다.

2,000미터 높이의 산 위에 올라 아래를 내려다보았다. 아찔함에 현기증까지 몰려왔다. 다리는 사정없이 후들거렸고, 심장 뛰는 소리가 귓가에 고스란히 들리는 것 같았지만 애써 침착하려 노력했다.

심장아, 제발 가만히 좀 있어줄래? 지금 내 꿈이 이뤄지기 1분 전이거든.

"One, Two, Three! Run, Run, Run!!"

깊게 심호흡을 하고, 파일럿의 구호에 맞춰 달리기 시작했다. 정신없이 달리는데 어느 순간 발이 땅에 닿지 않았다. 내가 하늘 위를 날고 있었다! 세상은 내 발아래 펼쳐졌다. 손끝까지 저릿저릿하도록 떨리고 긴장되었지만 그리 오래가지 않았다. 긴장이 빠져나간 자리엔 표현할 수 없는 벅찬 감정들이 채워졌고, 떨리던 손끝엔 따스한 하늘의 바람이 스쳤다. 그리고 내 발끝에 그토록 기대하고 상상했던 지중해가 있었다. 그 순간의 공기와 바람 그리고 냄새까지 영원히 가슴속에 남기고 싶었다. 생각보다 조용하고 잠잠했던 하늘 위의 고요함까지도.

부드럽게 천천히 하늘을 날았다. 하늘 위의 공기들이 이불처럼 나를 감싸 안았다. 그 품이 너무 포근해서 슬며시 눈을 감았지만, 발아래 지중해의 영롱한 반짝임에 이내 다시 눈을 떴다. 마음이 너무 벅차서 눈물이 날 것도 같았다. 날개처럼 두 팔을 펼쳐봐라, 저 위에 카메라를 봐라, 사진을 찍어라. 내 뒤에 앉아 나보다 더 호들갑을 떨던 파일럿이 아니었다면 나는 하늘 위에서 그만 울음이 터져버렸을지도 모른다.

지중해 하늘 위를 달렸고, 날았고, 만져보았다.

이렇게 일기장을 채운 그날엔 밥을 먹지 않아도 배가 불렀다.

그날 밤에도 하늘을 달리는 꿈을 꾸었다. 그 꿈속에서 나는 어젯밤보다 한결 편안하고 여유롭게 지중해의 하늘을 누볐다.

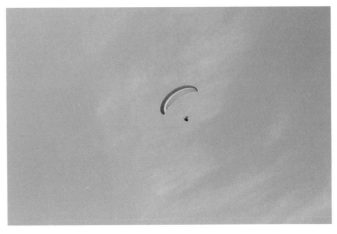

소확행의 밤

Reykjavik, Iceland

근본적인 행복은
무엇보다 인간과 사물에 대한
따뜻한 관심에서 비롯된다.
인간에 대한 따뜻한 관심은
사랑의 일종이다.

_《행복의 정복》, 버트런드 러셀, 사회평론

'소확행'(小確幸, 작지만 확실한 행복)이라는 단어를 알게 된 것은 얼마 되지 않는다. 줄임말을 잘 알아듣지 못하는 나이가 되었지만 듣고 나서 깊이 생각하게 만들었던 줄임말은 소확행이 처음이었다. 나의 소확행은 무엇일까.

언젠가 독자들을 만나 이야기를 나누는 자리에서도 같은 질문을 받은 적이 있다.

"여행 중에 소소한 행복을 느끼는 순간이 있다면 언제인가요?"

나는 대답을 망설였다. 여행 중 느끼는 '소소한 행복의 순간'은 너무 많지 않은가. 그렇지 않은 시간을 이야기하라는 것이 차라리 쉬웠다.

"음… 너무 많아서 콕 집어서 답하긴 어렵지만 몇 가지 확실한 것은 있습니다. 숙소 근처의 공원에 앉아, 아! 누울 수 있다면 더 좋습니다. 그곳에서 햇살을 온몸으로 받으며 멍 때리는 일, 사람 사는 냄새가 나는 골목을 누비는 일, 사랑하는 사람을 위한 작은 선물을 사는 일, 하루를 마치고 돌아와 시원하게 씻은 뒤 마시는 차가운 맥주, 카페 창가에 앉아 지나가는 사람들을 구경하는 일, 거리의 뮤지션을 바라보며 벤치에 앉아 있는 일 등등. 여행 중 행복한 순간들은 너무 많아요. 하지만 제가 여행 중에 가장 확실하게 행복을 느끼는 순간은 바로 낯선 주방에서 요리를 하는 것입니다. 낯선 도구, 낯선 식재료로 서툴고 느리게 요리하는 순간이 전 너무너무 행복해요."

나의 '여행 소확행'은 '낯선 주방에서 요리하기'다. 시간에 쫓겨 바쁘게 차려낸 식탁이 아니라 다 함께 장을 보고 천천히 차려낸 식탁이다. 식사를 준비하고 마치는 데까지 상당한 시간이 걸리더라도 그런 저녁이 좋다. 다시 일상으로 돌아가면 서툴고 느렸던 시간들이 간절하게 그리워질 테니까.

매일 밤 모두 주방에 모여, 서툴고 느리게 식탁을 차렸던 아이슬란드 여행은 매일이 소확행이었다.

한여름을 맞은 아이슬란드는 낮이 무척 길었다. 밤 11시가 넘어야 비로소 캄캄해졌고, 새벽 5시가 되기도 전에 날이 밝았다. 하루가 스물일곱 시간쯤 되는 것 같았다. 테라스에서 모닝커피를 마시며 여유를 부리고, 밤 10시에 저녁노을을 보겠다며 호들갑을 떨었다. 하나같이 보너스처럼 길어진 하루를 마음껏 즐겼다. 여름 여행자만이 누릴 수 있는 특권이었다.

상점들은 대부분 저녁 6시가 되면 문을 닫았다. 북유럽의 국가들이 대부분 그렇듯 가족과 함께 저녁시간을 보내기 위함이었지만 그 시간은 우리에게 대낮이나 마찬가지였다. 낮은 길고, 우리의 하루도 그만큼 길어졌으며, 숙소에 돌아오는 시간도 그만큼 늦었다. 숙소에 돌아와 저녁식사를 만들어 먹고 뒷정리까지 끝내고 나면, 그제야 천천히 어둠이 내려앉았다.

저녁 메뉴는 매일 바뀌었다. 한국에서 가져온 양념으로 찌개나 닭볶음탕을 끓여 푸짐한 한 상을 차려내는 날도, 파스타와 샐러드로 한껏 멋을 낸 밥상을 차리는 날도 있었다. 누군가는 채소를 씻고 다듬고, 누군가는 정성스럽게 찌개를 끓였다. 한쪽에서 알록달록한 샐러드를 만드는 동안, 다른 한쪽에서는 테이블을 예쁘게 세팅했다. 그곳에 머무르며 우리는 저녁식사를 준비하고 즐기는 데 가장 많은 시간과 정성을 쏟았다. 한여름의 아이슬란드는 낮과 밤의 경계가 모호한 시간 속에서 소소하게 저물어갔다.

아이슬란드를 향한 가장 큰 그리움은 비현실적으로 아름다운 대자연이나 한여름의 오로라에서 찾아오지 않았다. 천천히 흘러가는 시간 속에서 약간은 몽롱하게 즐겼던 늦은 저녁의 식탁. 서로 다른 배경의 사람들이 모여 함께 식사를 준비하고, 밥을 먹고, 이야기를 나누던 시간. 그 속에서 느꼈던 아주 작지만 소소한 행복.

매일 밤, 행복은 서툴고 느리게 차려낸 그 식탁 위에 있었다.

소원이 하늘에 닿는 밤

Pingxi, Taiwan

간절히 바라는 마음이 있어야
마법이 일어날 수 있어.

_ 영화 〈신데렐라〉

소원을 빌기 위해 여행을 떠났다. 뭐라도 해보고 싶어서 수많은 꿈이 모이는 곳으로 떠났던 여행. 수첩을 펼쳐 가지런하게 소원을 적었다. 완성된 수첩을 가방 깊숙한 곳에 넣고 핑시로 가는 기차에 몸을 실었다.

해마다 정월 대보름이 되면 타이완 북쪽의 핑시 일대에서는 저마다의 소원을 적은 천등을 하늘로 날려 보내는 천등축제가 열린다. 수천 개의 소원이 동시에 하늘로 떠오르는 장관을 보기 위해, 소원을 빌고 천등을 날리기 위해 축제에는 어마어마하게 많은 사람이 모인다.

천등을 하늘로 띄워 보내는 사람들의 얼굴에는 행복이 묻어난다. 자신의 꿈을 천등에 한 글자 한 글자 정성스레 적어 간절하게 빌며 하늘 높이 날려 보내는 의식 앞에서 행복하지 않을 사람이 누가 있으랴.

그래서 평시행 기차를 탔다. 아침 일찍 일어나 이른 시간부터 서둘렀다. 평소에는 알람을 몇 개씩 맞춰놔도 일어나지 못했는데, 그날은 7시가 되기도 전에 눈이 떠졌다. 한없이 게으른 여행을 꿈꾸지만 때론 개미보다 더 부지런해야 누릴 수 있는 행복도 있다.

아침을 든든히 먹은 후, 커피를 한 잔 사 들고 기차역으로 걸었다. 다행히 날씨가 좋았다. 기차를 탄 사람들의 표정도 무척 밝았다. 그런 사람들을 마주하고 있자니 나도 덩달아 기분이 좋았다. 자꾸만 웃음이 새어 나왔다. 그사이 기차는 한 시간여를 달려 평시에 도착했다.

축제는 오후 6시부터 시작이었다. 동네를 구경하며 어슬렁거리다가 골목 안쪽으로 들어가 잠시 길을 잃었다. 다시 빠져나온 길목에서 기념품을 사고 아이스크림을 먹었다. 벤치에 앉아 도시락을 먹고선 쏟아지는 햇빛을 이기지 못해 잠시 졸기도 했다. 아침에 부지런히 벌어둔 오후의 빈둥거리는 시간이 꽤 좋았다. 그래, 뭐니 뭐니 해도 여행의 하이라이트는 빈둥거림이지!

해는 금세 저물었다. 어마어마하게 많은 사람들이 축제가 열리는 중학교로 모여들었다. 운동장 한쪽에 자리를 잡고 앉아 수첩에 담아온 소원들을 커다란 천등에 옮겨 적었다. 틀리지 않도록, 비뚤어지지 않도록, 최대한 정성스럽게 한 자 한 자 적었다.

하늘이 완전히 어두워졌다. 드디어 꾹꾹 눌러 적은 소원을 하늘로 올려 보낼 시간.

사회자의 카운트다운을 기다리며 천등의 끄트머리를 잡고 섰다. 눈을 감고 다시 한번 마음을 다해 빌었다. 소원을 다 빌기도 전에 날아가 버릴까, 천등을 잡은 손에 더욱 힘이 들어갔다. 괜히 가슴이 두근두근 뛰었다.

"5! 4! 3! 2! 1!"

수백 개의 천등이 동시에 하늘로 떠오르는 장면은 상상한 것보다 훨씬 더 감동적이었다. 마음이 먹먹해질 정도로 뭉클했고 온몸에 소름이 돋을 만큼 짜릿했다. 한참을 말없이 하늘만 올려다 보았다. 모두가 그랬다. 사람들은 점점 작아져가는 천등을 하염없이 바라보았다. 손을 흔들거나 손뼉을 치기도 했다.

"Good luck!"

우연히 옆 사람과 눈이 마주치면 서로에게 응원을 전했다. 엄지손가락을 들어 보이거나 박수를 쳤다. 말이 통하지 않아도 그곳에 모인 모두는 그렇게 서로의 꿈을 응원했다. 뜨거운 마음이 시간과 공간을 가득 채웠던 밤, 나를 둘러싼 공기는 천등을 띄운 등불만큼 따뜻했다.

마음속에 품고 있던 꿈을 정성을 다해 적고, 소리 내어 읽고, 간절한 마음으로 되뇌던 그날 밤. 수천 명의 간절한 마음들이 한자리에 모여 따뜻한 눈빛으로 서로를 응원하던 그날 밤. 나는 이미 그 꿈에 한 걸음 더 가까워졌다고 믿는다.

그렇게 하늘 가까이로 올라간 내 꿈은 지금 어디쯤 날고 있을까.

위로하다

용기를 얻는 밤

Jeju, Korea

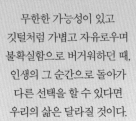

무한한 가능성이 있고
깃털처럼 가볍고 자유로우며
불확실함으로 버거워하던 때,
인생의 그 순간으로 돌아가
다른 선택을 할 수 있다면
우리의 삶은 달라질 것이다.

_ 영화 〈리스본행 야간열차〉

어느 날 갑자기 친구는 제주에 내려가 살겠다고 했다. 여름 휴가를 맞아 떠났던 남편과의 제주 여행을 마치고 돌아오면서 결심했단다. 이 지긋지긋한 서울 생활을 정리하고 제주에 내려가 잘할 수 있는 일을 찾아보겠다고 했다. 이렇게 사는 게 맞나 싶다가도 아침 9시면 기계처럼 회사 컴퓨터 앞에 앉아 있던 서울을, 다람쥐 통 속의 다람쥐처럼 딱하고 짠했던 시간을 정리하겠다고 했다. 제주 생활 역시 만만치 않겠지만 그래도 내가 하고 싶은 일을 하면서 사는 삶을 한 번 살아보겠노라고 했다. 나는 그런 그들을 진심으로 응원했다.

"정 안 되겠으면 다시 올라올게!"

그들은 그렇게 미련 없이 제주로 떠났다. 제주로 여름휴가를 다녀온 바로 그해의 겨울이었다.

따뜻한 남쪽의 조용한 마을, 작은 마당이 있고 옥상에 올라가면 저 멀리 바다가 보이는 예쁜 집을 얻었다. 부부는 꼬박 석 달 동안이나 손수 집을 고쳤다. 그러는 동안 몸살이 나고 손을 다치면서, 다시는 스스로 집을 고치는 일 따위는 하지 않겠다고 천 번쯤 다짐했다고 한다.

그들이 제주로 떠난 이듬해 여름, 드디어 손님 맞을 준비를 끝낸 그 집을 찾았다. 6개월 만에 다시 만난 친구는 서울에 있을 때보다 얼굴이 좋았다. 살이 조금 올랐고 머리도 많이 길었으며 수다도 늘었다.

"제주에 내려오니 좋아?"

나의 빤한 질문에 친구는 제주에 살게 되어 좋은 점을 열 가지도 넘게 늘어놓았다. 그렇게 말하는 친구의 얼굴에 행복이 스쳤다. 드러내지 않으려 해도 행복이 묻어났다. 행복은 감출 수가 없는 법이다.

친구가 차려준 저녁을 맛있게 먹고 밤이 깊도록 수다를 떨었다. 우리들의 20대가 기록된 싸이월드 홈페이지를 열고 옛날 사진들을 보면서 깔깔 웃었다. 문득 그 시절이 그리워 잠시 추억에 잠겼다가 풋풋했던 시절을 회상하며 옛날 이야기를 잔뜩 늘어놓기도 했다. 우리의 고교 시절 이야기, 연애 이야기, 함께 공연을 보러 다녔던 이야기와 수업을 빼먹고 함께 여행했던 이야기가 끝도 없이 이어졌다.

밤 11시에 아이스크림을 사 먹겠다며 슬리퍼를 끌고 집을 나섰다. 목이 아프도록 밤하늘의 별을 올려다보았다. 날이 밝아 그들의 단골집에서 함께 아침을 먹고, 단골 빵집에 들러 빵을 사고, 함께 장을 보고 청소하고 빨래를 널었다. 저녁에는 마당에서 흑돼지를 구워 먹고, 영화를 보고, 보드게임을 하기도 했다. 일주일이 하루처럼 빨리 지나갔다.

언젠가부터 주어진 삶을 챙기느라 늘 바쁘기만 했던 우리는, 퇴근 후 만나 고작 서너 시간 동안 밥을 먹고 차를 마신 뒤 헤어졌다. 먹고사는 얘기, 회사 얘기, 남편 얘기 등을 하다 보면 어느새 시간이 후딱 지나가 늘 아쉬운 마음으로 헤어졌다. 다음에는 더 길게 보자는 기약 없는 말을 남기고 각자의 집으로 돌아갔다. 그랬던 우리가 이곳 제주에서 일주일을 함께했다. 친구의 남편은 어느덧 오래 알고 지내던 친구처럼 편해졌고, 앞마당을 제집처럼 드나들던 동네 개들과도 친구가 되었다. 서울로 돌아오던 날에는 내가 머물던 방이 꼭 내 방처럼 정이 들어 구석구석 찬찬히 둘러보며 마음에 담았다.

사소한 대화가 끊임없이 오고 갔던 제주의 밤. 그 밤마다 나는 용기를 얻었다.

행복이란 때론 한여름 나무 밑의 그림자처럼 사소하기도, 나무 위 높은 곳에 대롱대롱 매달린 열매처럼 탐스럽기도 하다. 그리고 그 행복이란, 강한 열망으로 끌어당기는 사람에게 조금 더 가까이 온다는 것을 다시 한번 깨달았다. 창밖이 보이는 침대에 누워 잠이 들 때마다 나도 모르게 씩 미소를 짓게 되었던 것도 어쩌면 그 때문인지 모른다. 제주에서 또 다른 삶을 열심히 살아가는 그들을 보는 것만으로도 용기를 얻었다. 진심으로 응원했기에 그들의 행복을 보는 것은 내게도 더없는 행복이 되어주었다.

아무도 말 걸지 않는 밤

Hongkong

삶은 순간의 연속이다.
놔두면 된다.
순간들이 모두 모여
생명이 되니까.

_ 영화 〈나우 이즈 굿〉

아무도 내게 말 걸지 않는 밤이 있다.

철저하게 혼자인 밤.

홀로 떠나는 여행이 잦은 내게는 유독 그런 날이 많았다. 때론 좋았고, 때론 싫었다. 무엇이 좋고 무엇이 싫었냐고 묻는다면 이유가 그때그때 달랐기에 콕 집어서 답할 수 없다.

밤마다 영수증을 정리하는 것.

다음 날의 동선을 계획하는 것.

맛집을 찾아내는 것.

낯선 길을 찾는 것.

익숙하지 않은 언어에 적응하는 것.

매일 아침 무엇을 입을까 고민하는 것.

짐을 풀고 싸는 것.

끊임없이 사진을 찍는 것.

커다란 트렁크를 끌어야 하는 것.

어제는 좋았던 것들이 오늘은 싫고, 어제는 싫었던 것들이
오늘은 좋기도 했다.

때로는 여행도 귀찮다. 모든 것을 혼자 해야 하는 여행은 더
욱 그렇다. 힘에 부치거나 힘이 빠지기도 했고, 무엇을 해봐도
힘이 나지 않기도 했다. 누구도 먼저 말을 걸어주지 않아 외롭
고 우울했다. 한국으로 전화를 걸고 싶어도 낮과 밤이 뒤바뀐
시차 탓에 그럴 수도 없었다. 그럴 때면 아무도 없는 낯선 땅에
나 홀로 덩그러니 남겨진 것 같기도 했다. 그런 여행에서는 밤이
유난히도 어둡고 길었다.

그럼에도 혼자만의 여행은 온전히 내 것이라서 좋았다.

아침에 눈을 떠서 밤에 잠이 들 때까지의 모든 시간이 오로
지 나를 위한 것이었다. 일상에서는 불가능했던 나만을 위한
24시간. 내가 지금 하고 싶은 것이 무엇인지, 내가 지금 먹고 싶
은 것이 무엇인지, 나는 지금 어디에 가고 싶은지…. 온전히 '나'
에게 집중할 수 있는 시간. 내가 사는 서울에서는 과연 그런 시

간이 얼마나 되었던가. 아니, 그런 시간을 가져본 적이 있었던가.

가고 싶은 곳에 가고, 보고 싶은 것을 보는 것.

쉬고 싶을 때 쉬는 것.

나만의 속도로 걷는 것.

듣고 싶은 음악을 마음껏 듣는 것.

불필요한 감정에 빠지지 않는 것.

전날 세워놓은 계획대로 하지 않는 것.

가보지 않은 길을 가는 것.

소문난 맛집에 가지 않는 것.

때론 카메라를 내려놓는 것.

눈치 보지 않는 것.

생각할 시간이 많아지는 것.

나를 위해 아무것도 하지 않는 것.

혼자가 된 여행에서는 모든 것을 내 마음대로 결정할 수 있어 좋았다. 설령 결과가 좋지 않아도 내 선택이었으니 후회하지 않았다.

때때로 찾아오는 외로움마저도 나의 선택이었고, 혼자서 모든 것을 해결해야 하는 귀찮음과 힘겨움도 나의 선택이었다. 그러니 불평하지도 투덜거리지도 않았다.

오로지 '나'에게 집중할 수 있는 여행. 그것 하나면 충분했다.
밤이 유난히 어둡고 외로울지라도 나를 믿고 의지하는 밤. 그런
날은 밤이 길게 느껴져도 좋았다.

아무도 내게 말 걸지 않는 밤.

아무도 내게 말 걸어주지 않아도 괜찮다.

아무도 방해하지 않는 '나'와의 오붓한 시간이 있으니까.

오지 않는 잠을 청하려 뒤척거리지 않아도 괜찮다.

다음 날, 햇살에 눈이 부실 때까지 늦잠을 자고 한없이 게을
러져도 상관없으니까.

그것 또한 나의 선택이니 괜찮다.

오로지 나를 위한 이 여행이 끝나면 '나'를 조금 더 잘 아는
내가 되어 있을 테니.

다 괜찮다.

기꺼이 길을 잃는 밤

Sevilla, Spain

이건 천사의 종이라는 거야.
힘들고 슬픈 일이 있을 때 이 종을 울리면
천사가 와서 도와준대.

_ 영화 〈기쿠지로의 여름〉

"이상하다? 이제 나올 때가 된 것 같은데."

실은 아까부터 이상했지만 쓸데없는 오기와 자존심에 여기까지 왔다. 거리는 점점 어두워졌다. 내 마음에도 슬슬 어둠이 내렸다. 그래, 이제 그만 인정하자. 세비야의 작은 골목에서 나는 결국 길을 잃었다.

비슷한 모양과 너비의 골목들은 그곳이 다 그곳 같아서 도무지 길을 찾을 수가 없었다. 내가 아는 것이라고는 숙소 이름 단 하나. 인터넷이 되지 않아 지도를 켜기는커녕 주소도 확인할 수 없었다. 고요하다 못해 적막하기까지 한 작은 골목에서 나는 그렇게 우두커니 멈춰버렸다.

'이 도시는 나를 반겨주지 않는구나. 여기는 오지 말걸. 괜히
왔다, 괜히 왔어.'

실망했고, 두려웠고, 화가 났다. 가격이 비싸다는 이유로 대
성당 근처의 숙소를 예약하지 않은 나에게, 찾기 힘든 숙소를
예약한 주제에 주소도 메모해두지 않은 나에게 제일 화가 났다.
여행이 길어지면서 긴장감이 옅어진 탓이었다. 커다란 짐 가방
은 그야말로 '짐'이었다. 작아도 괜찮고, 낡아도 괜찮다, 춥고 꿉
꿉해도 좋으니 제발 빨리 방에 들어가서 이놈의 짐을 던져버리
고 침대에 눕고 싶었다. 도대체 그 호텔은 어디란 말인가.

그때 바로 옆 건물에서 한 할머니가 창문 너머 나를 향해 소
리를 질렀다. 스페인어를 알아듣지 못하는 나는 아무런 대꾸를
할 수가 없었다. 할머니는 알 수 없는 말을 몇 마디 더 하더니
어깨를 으쓱하고는 다시 창문 속으로 사라졌다. 불안으로 가득
했던 마음에 두려움까지 더해져 나는 그대로 굳어버렸다. 두 발
이 땅에 붙은 것처럼 그 자리에 쪼그라들었다. 길가에 아무렇게
나 쪼그리고 앉아 인터넷이 되지 않는 휴대폰을 켰다가 끄기만
반복했다. 세비야가 거대한 미로처럼 느껴졌다. 거리는 점점 더
어두워지고 있었다.

'대성당 쪽에서 다시 시작해봐야겠다. 일단 사람이 많은 곳으로 가야겠어.'

쪼그라진 마음을 펴고 엉덩이를 툭툭 털고 일어났다. 던져버리고 싶은 커다란 짐 가방을 다시 질질 끌었다. 또다시 두리번거리기 시작한 내게 누군가 스페인어로 말을 걸었다. 아까 그 할머니였다.

"호텔? 호텔? 네임?"

할머니는 말을 알아듣지 못하는 내게, 서툰 영어로 또박또박 다시 물었다. 아아, 아마도 할머니는 아까부터 나를 도와주려 했던 모양이었다. 두려움에 사로잡혀 그 마음을 보려고 시도조차 하지 않았던 내가 바보 같았다.

"아… 예스, 예스!!"

나는 세상에서 제일 큰 '예스'를 외쳤다.
호텔 이름을 들은 할머니는 고개를 갸우뚱하더니 다시 집으로 들어가 딸이나 며느리쯤으로 보이는 아주머니를 데리고 나

왔고, 아주머니는 다짜고짜 내 짐 가방을 끌고 앞장서기 시작했다. 영문도 모른 채 쫓아간 그곳엔 내가 그토록 애타게 찾던 호텔이 있었다. 아주 작고 낡은, 제대로 된 간판도 없이 문 위에 작은 글씨로 이름만 붙여놓은 그런 호텔.

호텔은 분명히 아까 지나쳐왔던 골목에 있었다. 할머니의 호의를 지나쳤듯, 역시나 걱정과 두려움에 갇혀버린 탓에 보지 못했던 것이다.

작고 낡은 호텔 문 앞에서 할머니와 아주머니는 나를 향해 환하게 웃었다. 그 미소가 어찌나 밝던지 어두워진 거리에 다시 빛이 드는 기분이었다.

바르셀로나에서 사 온 초콜릿 상자를 꺼내 할머니 품에 안겨드리고 고맙다는 인사를 열 번도 넘게 건넸다. 할머니는 그런 내 등을 토닥토닥 두드리고는 다시 집으로 돌아갔다. 어둠에 묻혀 더 이상 보이지 않을 때까지 그대로 서서 그들의 뒷모습을 바라보았다. 할머니와 아주머니가 팔짱을 끼고 보폭을 맞춰 걷는 뒷모습을 보고 있자니 뭐라 설명할 수 없는 따뜻함이 자꾸만 차올라서 배시시 웃음이 새어 나왔다.

어렵게 찾은 호텔은 호텔이라기엔 한참 모자랐다. 매트리스는 푹 꺼져 금방이라도 주저앉을 것 같았고, 샤워기에서는 온수와 냉수가 번갈아가며 말썽을 부렸다. 언제 닦았는지도 모를 창틀엔 먼지가 소복했다. 하지만 그날 밤 그 방은 내게 별 다섯 개짜리 호텔보다도 포근하고 따뜻했다. 옷도 갈아입지 않고 그대로 침대에 쓰러져 잠이 들었다가, 아침이 되어서야 쏟아지는 햇살에 눈이 부셔 일어났다. 얇은 커튼 한 장도 없는 방이었다.

수년이 지난 지금까지도 나에게 세비야는 '그날 밤의 할머니'로 기억된다. 어둠이 빼곡히 내린 미로 같은 그 길에서 할머니를 만나지 못했다면, 그날 밤 나는 어떻게 됐을까. 그곳에서 만난 예쁜 건물과 맛있는 음식은 기억에서 희미해지고 있지만 그 할머니만큼은 여전히 선명하고 또렷하다.

매일 여행을 준비하는 나는 또다시 길을 잃고 낯선 골목을 헤매게 될지도 모른다. 하지만 그날 밤 외로운 이방인을 위해 먼저 고개를 내밀어준 할머니와 같은 천사를 만날 수만 있다면, 나는 언제라도 기꺼이 길을 잃을 것이다.

둥글둥글한 초여름의 밤

Barcelona, Spain

때론 미친 척하고
딱 20초만 용기를 내볼 필요도 있어.
진짜 딱 20초만 창피해도 용기를 내는 거야.
그럼, 장담하는데 멋진 일이 생길 거야.

_ 영화 〈우리는 동물원을 샀다〉

방 안의 공기는 차가웠다. 둘 사이의 감정이 얼음 조각이 되어 사방에 내려앉은 것 같았다. 다툼의 시작은 가벼웠지만 지금 우리 둘 사이의 공기는 결코 가볍지 않았다.

"내일은 우리 따로 다녀볼까? 각자의 시간이 조금 필요한 것 같아."

결국 그녀가 먼저 말을 꺼냈다. 나도 고개를 끄덕였다.

우리는 여행을 시작한 뒤로 한 번도 떨어진 적이 없었다. 아침에 눈을 떠 밤에 눈을 감을 때까지. 아니, 같은 방에서 잠을 자는 시간까지 꼬박 24시간을 보름이 넘도록 붙어 있었다. 만나는 사람마다 긴 시간을 함께 여행하면 싸우지 않느냐고 묻는 말에 "아뇨, 전혀요. 저흰 안 싸워요." 하고 웃으며 자랑스럽게 대답하던 우리였다.

사실 그건 자랑할 일도, 내세울 일도 아니었다. 둘 다 감정을 억지로 꾹꾹 눌러 왔던 것뿐이니까. 서운하고 짜증 나는 마음이 뾰족하게 날을 세울 때마다 그 마음을 서로에게 들키지 않으려 무던히 애쓰고 있었다. 보고도 못 본 척, 알면서도 모르는 척. 그렇게는 여행을 계속할 수 없다는 것을 조금씩 느끼고 있었다.

사람은 모두가 다 다른 법인데 어떻게 하나의 여행이 있을 수 있을까. 그래서 함께하는 여행에서는 '양보'와 '배려'가 가장 필요하다고, 그 둘만 지킨다면 절대로 다툴 일이 없을 거라고 철석같이 믿었었다.

그랬던 우리는 여행을 시작한 지 보름 만에 처음으로 다투었다. 처음으로 저녁식사도 건너뛰었다. 다툼의 이유는 굉장히 사소했다. 저녁을 먹기 위해 식당을 고르던 중이었는데 각자 먹고 싶은 것이 달랐다. 평소였다면 한 명이 양보하고 말았을 테지만 그날은 왜인지 둘 다 그러지 않았다. 그러다가 감정이 상했고 말다툼을 했다. 그 무렵 우리 둘 모두 감정을 터트릴 무언가가

필요하다고 느꼈는지도 모른다. 어쩌면 그 순간을 기다려왔는
지도.

　석 달이라는 긴 호흡의 여행을 함께하기 위해서는 서로가 다
름을 인정해야 했다. 다름을 받아들이고 상대방의 취향을 존중
하는 것도 여행의 일부라는 것을 알아야 했다. 각자 의견을 말
하고 감정을 표현하는 과정에서 다투고 화해하는 시간을 가졌
어야 했다. 그것을 외면함으로써 불편한 시간들을 건너뛰려 했
던 우리는, 양보와 배려만으로는 해결되지 않는 마음속 응어리
가 있다는 것을, 다툼으로 해소할 수밖에 없는 감정도 있다는
것을 미처 알지 못했다. 여행의 진짜 비극은 소매치기를 당하는
것도, 심한 몸살에 걸리는 것도, 길을 잃는 것도 아니었다. 여행
을 함께한 친구와 여행 때문에 멀어지는 것. 내가 경험한 여행의
비극은 그것이었다. 또다시 그런 일을 반복하고 싶지 않았다.

　그래서 오히려 그날의 다툼이 조금은 반가웠다. 묘하게 기분
도 좋았다. 우리 사이에 놓여 있던 빗장 하나가 풀어진 것 같았
다. '절대로 싸우면 안 돼'라는 강박에서 자유로워졌고 이제는
조금 더 편해질 수 있을 것 같았다.

"분수나 보러 갈래?"

무심하게 말을 꺼낸 그녀를 향해 옅게 눈을 흘겼다. 아무렇지 않은 척하고 있지만 그 말을 건네기까지 얼마나 망설였을까. 먼저 말을 건네준 그녀가 고마웠다. 서로를 향해 눈을 흘기다가 웃음이 터졌다. 방 안은 다시 따뜻해졌다.

"빨리 가야 돼. 9시 30분에 시작이야."
"근데 배고프지 않아?"
"고프지. 가는 길에 샌드위치나 살까?"
"그래! 맥주도!"

2유로짜리 샌드위치와 캔맥주를 하나씩 들고 몬주익 언덕으로 향했다. 어느 때보다 발걸음이 가벼웠다. 화해란 참으로 상쾌한 것이었다. 묵었던 응어리를 덜어내고 나니 서로에게 한 발짝 더 가까워진 것 같았다.

바람 끝이 둥글둥글한 초여름의 밤이었다.

혼자여도 외롭지 않은 밤

Jeju, Korea

Si vales bene est, ego valeo.
당신이 잘 계신다면, 잘 되었네요.
나는 잘 지냅니다.

_ 《라틴어 수업》, 한동일, 흐름출판

제주도에 출장차 내려와 사흘째 지내던 숙소 근처에는 작은 카페가 하나 있었다. 손님은 있지만 주인장은 없는 곳이었다. 알아서 음료를 꺼내 마시고 손수 계산하고 설거지도 해야 하는 무인 카페. 도시에서는 불가능할 것만 같은 이런 무인 카페가 제주에는 꽤 여럿 있었다.

인적이 드문 곳을 취재하느라 춥고 외로웠던 하루를 마치고 숙소로 돌아가는 길에 따뜻한 커피 한 잔이 생각나 그곳에 들렀다. 역시나 카페 안에는 아무도 없었다. 커피 한 잔을 내리고, 천 원짜리 지폐 두 장을 나무 상자에 넣었다. 커피잔을 손에 들고 가게 안을 찬찬히 둘러보았다. 벽면에는 저마다의 사연을 품은 수많은 쪽지가 붙어 있었다. 바다를 향한 창을 제외한 모든 벽면을 다 채우고도 부족해서 냉장고와 선반, 싱크대 위쪽에도 쪽지가 가득했다. 다들 어떤 사연으로 제주에 온 걸까.

가고 싶었던 회사에서 불합격 통보를 받았어요.
남친과 이별하고
부모님께 짜증을 내고 제주에 왔어요.
나의 미래는 아무것도 알 수가 없는데
저, 괜찮은 걸까요?

ㄴ 괜찮습니다.
　정말 괜찮습니다.
　전혀 뜻하지 않은 좋은 일들이
　가끔 뿅 하고 나타나기도 하니까요.
　좋은 일들이 가득한
　2017년 되시길 바랍니다.
　　　　　- 카페지기 -

ㄴ 괜찮아요.
　다들 그렇게 살고 있어요.
　지나고 나면, 그런 때도 있었지.
　생각하는 날이 올 거예요.

힘내요! 파이팅!

- 지나가는 아줌마 -

채용 시험에 떨어지고 남자친구와 이별한 여행자의 쪽지에 카페지기의 답장이, 또 그 밑에는 다른 여행자의 답장이 꼬리를 물고 붙어 있었다. 다른 쪽지들도 그랬다.

엄마와 함께 왔던 제주에 엄마가 돌아가신 후 혼자 왔다는 여행자, 사업에 실패하고 올레길을 걷기 위해 왔다는 여행자, 결혼 10주년을 맞아 아내와 단둘이 왔다는 여행자, 수능시험을 마치고 친구들과 함께 왔다는 여행자, 외국으로 이민을 떠나기 전 제주에 들렀다는 여행자….

쪽지 속에는 저마다의 이야기가 넘쳐났고, 반듯한 글씨로 정성스럽게 적은 카페지기의 답장에는 진심이 묻어났다. 아무도 없는 작은 카페를 수많은 사람의 이야기와 마음이 가득 채우고 있었다. 몸을 녹일 따뜻한 커피 한 잔을 마시려다가 뜻밖의 위로에 마음이 꽉 차올랐다.

그날 이후 애월을 더 좋아하게 된 것도, 근처를 지날 때면 괜히 커피 한 잔이 간절해지는 이유도, 제주 어디를 가든 일부러

애월의 숙소를 예약하는 것도 다 그 카페 때문이다. 아마도 그곳은 애월의 바닷가에서 가장 포근한 곳일지도 모른다.

얼굴도 이름도 모르는 누군가의 사연을 들여다보는 것만으로도 왠지 모르게 큰 위안이 되었다. 다들 비슷하게 살고 있구나, 나만 그런 건 아니었구나. 누군가의 슬픔에 공감하고, 누군가의 아픔에 위로의 말을 남기며, 누군가의 기쁨에 미소를 지었다. 그것은 마치, 아무도 없는 외로운 길 위에서 저만치 앞서가는 누군가의 뒷모습을 발견한 것처럼 반갑고 안심이 되었다.

'괜찮아요, 우리 모두가 그렇게 살고 있어요.
힘내요, 파이팅!'

그날 밤, 캄캄한 겨울 바닷가에 홀로 불을 밝힌 카페는 외롭고 추웠던 내게 적당한 온기로 위로가 되어주었다. 내가 적은 쪽지에는 어떤 위로가 적혀 있을까. 답을 확인하러 다시 애월에 가야겠다.

운명을 만나는 밤

Hella, Iceland

운명은 우리에게
작은 계시들을 보내주는 것 같아요.
우리가 행복할지, 불행할지는
그 계시들을 어떻게 읽느냐에 달렸어요.

_ 영화 〈세렌디피티〉

아이슬란드에 가야겠다고 결심한 순간은 좀 뜬금없는 타이밍이었다.

사실 며칠 동안 머릿속엔 아이슬란드 생각뿐이었다. 언젠가는 꼭 가보고 싶었던 로망의 여행지였지만 낯선 사람들과의 여행이라 선뜻 용기가 나지 않아 고민하고 또 고민했다. 그러던 어느 날 설거지를 하다가 문득, 한 달 후 그곳에 내가 서 있는 모습이 그려졌다. 아이슬란드의 대자연을 마주하고 선 나의 모습이, 아이슬란드의 하늘을 바라보며 무릎을 세우고 앉아 있는 나의 모습이.

운명처럼 그곳에 가야겠다는 생각이 들었다.

10년 전, 반드시 터키에 가야겠다고 결심했을 때도 비슷했다. 나도 모르게 문득, 이국적인 풍경 안에 놓인 내가 그려졌을 때. 지금이 아니면 안 될 것만 같았을 때. 그때부터 나는 여행자와 여행지 사이에도 '운명'이라는 것이 있다고 믿었다.

그로부터 한 달 후, 나는 정말로 아이슬란드의 대자연을 마주하고 섰다. 상상했던 것보다 훨씬 압도적이었고, 말문이 막힐 만큼 깨끗하고 순수했다. 지구상에 아직도 이렇게 날것 그대로인 자연이 있음에 감사하면서 마음이 숙연해졌다. 이런 땅에 살고 있는 사람들이 한없이 부러웠다. 자동차를 빌려 아이슬란드를 시계 반대 방향으로 한 바퀴 돌면서, 내 인생에서 가장 많은 양을 마주쳤고, 가장 많은 폭포를 구경했으며, 가장 많은 별을 보았다. 그리고 좀처럼 보기 힘들다는 한여름의 오로라를, 운명처럼 만났다.

"다들 밖에 좀 나와 보세요! 오로라인 것 같아요!"

일행 중 한 명이 들뜬 목소리로 모두를 불렀다.

말도 안 돼, 오로라라니! 지금은 8월인데. 계절은 아직도 여름의 한복판인데.

'에이 설마'라고 생각했지만 그곳엔 정말로 한여름의 오로라

가 있었다. 8월의 아이슬란드에 오로라라니! 조금도 기대하지 않았던 뜻밖의 만남 앞에서 모두 할 말을 잃었다. 밤하늘의 빛이 강물처럼 춤을 추었고, 그 빛은 보라색이었다가 분홍색이었다가 금세 노란색이 되고 파란색이 되었다. 작은 감탄사를 내뱉는 것 이외에는 아무것도 할 수 없었던 나는, 자연의 작은 몸짓 하나하나에 완전히 압도되고 말았다.

누군가가 틀어놓은 시규어 로스(Sigur Ros, 아이슬란드 밴드)의 음악은 오로지 오로라를 위한 주제곡이었다. 음표들은 잔잔하게 부유하다가 고요하고 점잖게 귓가에 내려앉았다. 오로라는 넘실대는 음표에 맞춰 천천히 움직였다. 밤하늘이 우리만을 위한 춤을 추는 것 같았다. 마치 꿈을 꾸는 것처럼. 시간이 멈춘 공간에는 아주 느리게 물결치는 빛의 파도와 그것을 바라보는 우리들만 존재했다.
꿈결같이 황홀했던 밤. 우리 모두는 잠을 잊었다.

어쩌면 처음부터 나는 그 여행에서 오로라를 만날 운명이었는지도 모른다. 그래서 그토록 강한 끌림을 느꼈는지도, 지금이 아니면 안 될 것 같았는지도 모르겠다. 하지만 한 가지 분명한 것은, 그러한 끌림이 있었을 때 그것을 외면하지 않았다는 것이다. 그러니 운명은 스스로 만드는 것이라고 하는가 보다.

여행을 멈출 수 없는 이유, 그것 역시 운명이 아닐까.

그리다

마음에 어둠이 내린 밤

Gokseong, Korea

이슬이 무거워 난초 이파리
지그시 고개를 수그리는구나.
누구도 그걸 막을 사람은 없구나.
삶이란 그런 것이구나.
그래서 어른들은 돌아가시고
아이들은 자라는구나.
다시 돌아갈 수 없으니까
온 곳을 하염없이 쳐다보는 것이구나.

_ 《청춘의 문장들》, 김연수, 마음산책

"은정아, 할머니 돌아가셨대. 모레가 발인이니까 내일 바로 곡성으로 가야 할 것 같아."

"그래, 알았어. 내일 아침에 회사 잠깐 들렀다가 바로 갈게."

전화기 너머 언니의 목소리는 차분했다. 전화를 받는 나 역시도 애써 담담하려 했다. 남편은 그런 내가 더 걱정되었다고 했다. '그래, 오랫동안 편찮으셨으니까. 이제 쉬실 때도 됐지' 하며 억지로 마음을 눌러 담았다. 할머니의 마지막 모습이 떠올라 자꾸 고개를 저었다. 하지만 내일 챙겨갈 옷가지와 속옷을 꺼내어 가방에 넣다가 그만 툭, 눈물이 떨어졌다. 그대로 옷장 앞에 주저앉아 아이처럼 울었다.

곡성에 한 번만 더 다녀올걸.

내가 아주 어렸을 때, 할머니는 직장생활로 바쁜 부모님을 대신해 우리 삼 남매를 돌봐주셨다. 학교에 다녀오면 돋보기안경을 코끝에 걸친 할머니가 거실 바닥에 전과를 펼쳐놓고 읽고 계시곤 했다. "할머니 지금 뭐 해?"라고 물으면 "공부하제. 아따 요것이 겁나게 재미나네이."라며 껄껄 웃던 할머니의 웃음소리가 아직 기억난다. 나는 할머니와 함께 바닥에 엎드려 전과를 읽었다. 어떤 날엔 동생을 업은 할머니의 손을 꼭 잡고 소아과에 다녀오기도 했다.

그러던 내가 대학생이 되고 할머니가 거동이 불편해지신 후에는 목욕을 시켜드리기도 했다. 그럴 때마다 할머니는 여느 때처럼 껄껄 웃으며 이렇게 말씀하셨다.

"아따 우리 강아지 덕분에 내가 호강하네이."

방학이 되면 할머니가 계시는 곡성에 놀러 가는 것이 우리 삼 남매에겐 커다란 즐거움이었다. 넓은 마당이 있는 집이었는데, 우리는 자동차가 마당에 닿기도 전에 차에서 내려 내달리고는 했다. 이미 마당 넘어 대문 앞까지 나와 계신 할머니에게 누가 먼저랄 것도 없이 달려가 따뜻한 볼에 얼굴을 비볐다. 할머니가 해주신 하얀 쌀밥과 고기반찬이 세상에서 제일 맛있었고, 할머니 냄새를 맡으며 잠든 밤엔 세상에서 제일 단 꿀잠을 잤다. 곡성에서의 모든 추억은 할머니로 시작돼 할머니로 채워지고, 할머니로 마무리되었다. 곡성은 나에게 곧 할머니였다.

곡성에서 할머니를 마지막으로 만난 것은 할머니가 돌아가시기 1년 전쯤이었다. 언니네 부부와 함께 순천 여행을 간 김에 고관절 골절로 요양병원에 입원해 계신 할머니를 찾아뵙기로 했다.

"순천 들렀다가 다음 날 점심으로 남도 한정식 먹고, 할머니 뵈러 갔다가 저녁엔 광주에 가서 육회 먹고 오자. 어때?"

언니의 계획대로 우리의 여행은 순조로웠다. 순천만 정원에서 숨 막히게 아름다운 낙조를 보았고, 빈틈이 보이지 않을 정도로 한 상 가득 차린 남도 한정식도 맛있게 먹었다. 우리는 가게 앞에서 공짜 커피를 한 잔씩 마시고 나서야 할머니가 계신 요양병원으로 향했다.

몇 분 후 만난 할머니는 몇 년 사이 더 많이 늙고 마른 모습으로 휠체어에 앉아 계셨다.

"할머니, 할머니가 좋아하는 센베이 사 왔어."

서울에서 사 온 과자 상자를 손에 쥐여드렸지만 할머니는 나를 알아보지 못했다. 자꾸만 내 이름을 물으셨고, 내 옆에 선 남편에게 "아저씨는 어디서 오셨냐."고 했다.

"은정이, 은정이. 할머니가 좋아하는 은정이."
"은정이? 은정이가 언제 이렇게 커부렀대. 아이고 우리 강아지가 할매 보러 이렇게 멀리까지 왔구먼. 할매 암시롱도 안 혀."

그러나 몇 분 후, 할머니는 다시 "너는 이름이 뭐냐?"고 물으셨고, 몇 분 후 또다시 내 이름을 물으셨다. 우리는 그런 할머니 앞에서 무너지는 마음을 간신히 붙잡으며 과자를 나누어 먹었다. 그날부터 언니와 나는 조금씩 마음의 준비를 했는지도 모른다. 아니 어쩌면 나는 그보다도 먼저⋯ 전보다 훨씬 마르고 작아진 할머니의 몸을 씻겨드릴 때부터 서서히 느끼고 있었는지도.

그날 밤 언니와 나는 오래도록 울었다. 우리는 광주에 가지 못했고 육회도 먹지 못했다.

할머니가 돌아가신 뒤로, 우리는 한 번도 곡성을 찾지 않았다. 할머니 냄새를 맡으며 함께 잠들던 방에 들어설 자신이 없었다. 할머니의 무덤 앞에서 덤덤하게 소주 한 잔 따라드릴 자신도 없었다. 그리고 무엇보다 큰 것은, 할머니를 잃은 슬픔과 그리워하는 마음이 점점 무뎌져가는 탓이었다.

그러나 내가 잊지 말아야 할 것이 있음을 안다. 그곳엔 나의 어린 시절이 있고, 행복했던 시간들이 있고, 따뜻했던 할머니가 있다는 것. 그러니 나에게 곡성은 여전히 할머니라는 것.

다가오는 여름에는 언니와 함께 곡성으로 여행을 다녀와야겠다. 할머니 무덤 앞에 앉아 내 이름도 불러드리고, 센베이 과자도 놓아드리고, 소주도 한 잔 따라드려야겠다. 그날 밤엔 할머니 냄새를 맡으며 자던 그 방에 언니와 나란히 누워 할머니 얘기를 하다가 잠들어야지. 그리고 꿈에서 할머니를 만나면 이렇게 말할 거다.

"할머니, 나 이제 암시롱도 안 혀요!"

나이를 먹는 밤

Jeongseon, Korea

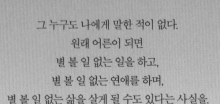

그 누구도 나에게 말한 적이 없다.
원래 어른이 되면
별 볼 일 없는 일을 하고,
별 볼 일 없는 연애를 하며,
별 볼 일 없는 삶을 살게 될 수도 있다는 사실을.

_ 영화 〈나의 소녀시대〉

신혼집 근처에는 '우리정육점'이라는 작은 정육점이 있었다. 질 좋은 소고기와 돼지고기를 통째로 들여와 뼈와 살을 직접 발라내 판매하는 보기 드문 곳이었다. 소고기와 돼지고기가 들어오는 날이면 자투리 고기를 덤으로 듬뿍듬뿍 넣어주었고, 남편이 고기를 사러 가는 날에는 색시 심부름 왔냐며 제일 좋은 부위를 골라 썰어주기도 했다. 주인아저씨의 넉넉한 인심만큼 고기 맛도 좋았다.

엄마 아빠가 신혼집에 오던 날.

시어머님 생신상을 차리던 날.

처음으로 친구들이 놀러 왔던 날.

남편과 나의 생일날.

남편이 회사에서 승진하던 날.

회사에 사표를 제출했던 날.

나의 책이 세상에 나오던 날.

남편과 싸우고 화해하던 날.

정든 신혼집을 떠나 이사하기 전날….

크고 작은 일이 있을 때마다 우리정육점에 들러 고기를 샀다. 신혼집을 떠나 다른 동네로 이사한 후에도 좋은 일이 있거나 중요한 손님이 오는 날이면 일부러 그곳을 찾곤 했다. 남편과 나의 특별하고 좋은 날에는 우리정육점이 있었다.

그날도 그랬다. 남편과 함께 강원도로 캠핑을 가던 길이었다. 오후 3시도 되지 않은 이른 시간. 주인아저씨는 무슨 일인지 벌써 가게 앞을 정리하고 있었다.

　　"어? 문 닫으세요? 고기 사야 하는데…."

　　"아, 아니에요. 들어오세요."

아저씨의 얼굴이 왠지 어두웠다. 그러고 보니 고기로 꽉 차 있던 진열장 안이 텅 비었다. 가게 안에 늘 울리던 라디오 소리

도 들리지 않았고, 한쪽 구석에 쌓여 있던 잡동사니들도 보이지
않았다.

"실은, 손님이 저희 마지막 손님이에요."

아저씨는 옅은 한숨을 뱉었다. 반짝반짝 윤이 나는 저울 위
에 고기를 올려놓다가 잠시 먼 산을 보기도 했다.

"힘들어서요. 나이가 드니 손목도 아프고, 월세는 자꾸만 오
르고…. 그래도 이 자리에서 12년이나 했네요."

괜히 눈물이 나려는 걸 꾹 참았다. 동네 정육점에서, 그것도
투실투실한 연분홍색 고깃덩어리를 앞에 두고 우는 건 너무 웃
기지 않은가. 하지만 아쉬움은 숨길 수가 없었다. 아저씨에게 위
로의 말을 건네고 싶었지만 적당한 말이 떠오르지 않았다.

"아쉬워서 어떡해요. 저희 이 집 고기 정말 좋아했는데…. 앞
으로 여기 지나갈 때마다 사장님 생각날 것 같은데 어쩌
죠?"

돼지고기가 담긴 검은 비닐봉지를 사이에 두고 아저씨와 나는 희미하게 웃었다. 그 웃음에 많은 말이 숨어 있었다. 굳이 꺼내지 않아도 아는 말들이었다.

"건강하세요."

인사를 건네고 나오는 마음이 무거웠다. 예상치 못한 이별 앞에서 할 수 있는 말이 내게는 별로 없었다.

나이를 먹는다는 것은 주름이 늘고, 흰머리가 늘어가는 것뿐만 아니라 나를 둘러싼 모든 것들이 변해가는 것을 지켜보는 일이다. 사랑하는 할머니가 돌아가시고, 좋아하던 배우가 갑자기 세상을 떠나고, 단골 식당이 있던 자리에 화려한 카페가 들어서거나 좋은 추억이 쌓인 정육점이 문을 닫는 일 같은 것 말이다.

많은 것이 변하고 나도 변했지만 한 가지 변하지 않은 것도 있다. 예상치 못한 이별이 점점 늘어, 이제는 익숙해져야 하나 싶을 정도로 많아졌음에도 그 앞에서 할 수 있는 말을 여전히 나는 잘 모른다는 것이다. 이별 앞에서 무뎌지는 날이 과연 올까. 그것도 잘 모르겠다.

그날 저녁, 캠핑장에서 고기를 구우며 남편이 말했다.

"마음이 안 좋은데. 왜 이렇게 서운하지?"
"추억이 많았으니까, 좋은 추억이."

골목을 빠져나오는 차 안에서 보았던 아저씨의 뒷모습이, 손에 들려 있던 뿌연 비닐봉지 속 소주병이, 어디선가 소주 한 잔으로 12년의 아쉬움을 달래고 있을 아저씨가 자꾸만 생각나서 우리는 둘 다 말이 없었다. 애꿎은 고기만 뒤집고 또 뒤집을 뿐.

이별을 배우는 밤

Paris, France

인연이 있으면 천 리를 떨어져도 만나고
인연이 없으면 얼굴을 맞대도 만나지 못한다.

_ 한비자

20대의 마지막에 떠났던 긴 여행에서, 밤은 매일매일이 이별이었다. 누군가는 다른 도시로 떠나야 했고, 누군가는 한국으로 돌아가야 했다. 민박집 이모님이 차려주는 아침 밥상은 언제나 빈틈이 없었지만 밥상 너머에는 항상 누군가의 빈자리가 있었다. 어떤 날은 담담하게, 어떤 날은 눈물이 그렁그렁한 얼굴로 이별을 맞았다.

"오늘 ○○○가 한국 간대."
"아… 그렇지."

나의 두 번째 파리는 매일이 이별이었다.
파리의 한 민박집에 모인 여행자들 사이에서, 가장 여정이 길었던 나는 가장 많은 만남과 이별을 했다. 매일 누군가는 파리에 도착했고, 누군가는 파리를 떠났다. 매일 밤 민박집 거실에서는 새로 온 사람들을 환영하고, 떠나는 이와 작별하는 작은 파티가 열렸다.

정이 들어버린 친구들과 이메일 주소와 휴대폰 번호를 주고받으며 서로의 술잔을 채워주고 함께 사진을 찍었다. 다 같이 팔짱을 끼고 동네 한 바퀴를 걸었고, 대문 앞 계단에 앉아 못 다한 이야기를 채웠다. 민박집의 이름을 따서 'ㅇㅇㅇ 클럽'이라는 모임도 즉흥적으로 만들었다. 그러고는 모임의 이름이 너무 파리답지 못하다며 깔깔 웃었다.

"한국 돌아오면 꼭 만나!"
"그래! 메일 쓸게!"

약속은 반복되었지만 이별은 좀처럼 익숙해지지 않았다. 이별이 매일 반복되다 보니 이것이 또 다른 여행을 위한 이별인지 이별을 위한 여행인지 분간할 수 없어 종종 당황스러웠다. 한국으로 돌아가서도 이어질 인연일까. 그저 여행 중에 스쳐가는 인연일까. 그마저도 분간할 수 없었다. 그저 그들과의 이별이 주는 아쉬움과 섭섭한 감정이 어느 정도인가를 가늠할 뿐이었다. 불과 며칠의 시간만으로 관계의 밀도까지 알 수는 없었다.

여행 중 만났던 인연은 대부분이 다 그랬다. 파리의 민박집에서 만났던 '○○○ 클럽'의 친구들도 그랬고, 프라하의 숨 막히는 야경을 함께했던 옆방 언니들도 그랬다. 이스탄불에서 축제의 밤을 함께 지새웠던 이들도, 아테네 야간버스의 끔찍한 밤을 함께했던 이들도 마찬가지였다.

누군가는 오래도록 곁에 남았고 누군가는 어디론가 흩어졌다. 그래서 여행에서의 인연은 언제나 어렵다. 초면인 사람과 가까워지기도 쉽진 않았지만 낯선 땅에서 마음을 내어준 이들과 잘 멀어지고 잘 헤어지는 것은 더더욱 어려웠다.

시간이 많이 지나고 난 뒤에야 우리가 정말 인연이었는지 그저 스쳐가는 여행자들 중 하나였는지를 알게 된다. 그리고 누군가에게 잠시뿐인 인연이었다 할지라도 서운해하지 말아야 함도 알았다. 시간과 공기, 언어와 공간과 사람들. 그 모든 것이 낯설었던 그때, 마음 둘 곳이 없어 두리번거리던 그때. 서로가 서로에게 힘이 되어줄 수 있었다는 것만으로도 감사하기로 했다.

매일매일 이별하던 밤.

이별에 익숙해지는 법은 끝내 배우지 못했다. 하지만 잘 이별하는 것도 좋은 인연으로 기억될 수 있는 방법임을 배웠다. 이별은 언제나 만남보다 더 어렵다는 것도, 이별 역시 여행의 일부라는 것도, 연이 닿는 사람이라면 언젠가는 다시 만나게 된다는 것도 배웠다. 매일매일 이별하면서 나는 그렇게 조금씩 이별을 배웠다.

아빠의 꿈이 이루어진 밤

Roma, Italia

가치 있는 것을 하는 데 있어서
늦었다는 것은 없다.

_ 영화 〈벤자민 버튼의 시간은 거꾸로 간다〉

"아빠가 제일 가보고 싶은 곳은 어디야?"

언젠가 아빠에게 이런 질문을 던진 적이 있다.

"아빠는 해외여행 싫어. 산이 좋아."

아빠의 대답은 김빠진 콜라 같았다.

아빠는 정말로 해외여행을 싫어했다. 말도 통하지 않고, 음식
도 입에 맞지 않으며, 끝나지 않을 것만 같은 오랜 시간을 비행
기 안에 갇혀 있어야 하는 것이 싫다고. 어쩌다 한 번씩 모임에
서 부부동반 여행을 떠났지만 다녀온 후 아빠는 좋았던 점보다
싫었던 것, 불편했던 것을 더 많이 떠올렸다.

"다시는 해외여행 안 가."

해외여행 소감 마지막에 늘 붙는 말이었다. (물론 그 뒤로도 여러 번, 엄마에게 끌려 부부동반 여행을 다녀오신 건 비밀이다.)

하지만 내가 해외로 여행을 다녀올 때마다 나의 여행을 가장 궁금해하는 사람은 해외여행이 그토록 싫다는 아빠였다. 그곳에서 무엇을 보고 무엇을 먹었는지, 어떤 일이 있었는지, 어떤 사람들을 만났는지 등 같은 질문을 반복해서 물었다.
문득 궁금했다. 아빠는 정말로 해외여행을 싫어하는 걸까? 아빠에겐 꼭 가보고 싶은 도시라든지 꼭 한 번 보고 싶은 유적지 같은 것이 없을까?

"아빠는 히말라야랑 알프스, 콜로세움에 가보고 싶어."

예상 밖의 대답이었다. 내가 스치듯 던진 질문의 답을 여태 생각하신 모양이었다. 신문을 보고 계신 줄 알았는데 눈은 신문에, 마음은 히말라야와 알프스, 콜로세움에 가 있었나 보다.

"오, 그럼 가면 되겠네!"

"예끼! 죽기 전에 어떻게 그 세 곳을 다 가겠냐? 허허허."

웃음과 함께 던진 아빠의 그 한마디가 마음을 찔렀다. 아마도 그날이었던 것 같다. 언젠가 꼭 아빠에게 히말라야와 알프스와 콜로세움을 보여드려야겠다고 결심한 것은.

아빠, 세 곳 다 갈 수 있어요!

그 이듬해, 엄마와 아빠는 부부동반 모임의 멤버들과 함께 인도와 네팔 등으로 여행을 다녀오셨다. 마침내 꿈에 그리던 히말라야에 다녀오신 날, 아빠는 우리 삼 남매에게 스무 장도 넘는 사진과 함께 장문의 메시지를 보내왔다. 사진과 메시지 곳곳에서 아빠의 행복이 새어 나왔다. 사진을 찍으며 행복하셨을 아빠의 얼굴이 보이는 것 같았다.

이제 두 개 남았다. 아빠의 꿈.

그래서 아빠와 함께 이탈리아와 스위스로 여행을 떠나기로 결심했다. 물론 엄마도 함께.

아빠의 칠순을 기념하기 위해 떠났으니 아빠가 주인공인 여행이었고 엄마는 조연이었다. 나는 가이드, 통역, 짐꾼, 요리사, 사진사, 총무, 심부름꾼 등을 담당하는 스태프가 되기로 했다.

이날을 위해 언니와 나 그리고 남동생은 3년 동안 적금도 들어두었다. 아빠를 위한 여행이었지만 내가 더 설렜다.

"네가 다 알아서 해. 엄마 아빠 뭐든지 다 좋아."

엄마 아빠의 믿음과 응원이 있어 든든했다.

마침내 로마에 도착했고, 이튿날 바로 콜로세움으로 향했다. 자, 이제 드디어 아빠가 꿈꾸던 콜로세움으로 들어갈 시간. 아빠는 로망이라던 콜로세움을 한참 동안 말없이 바라보기만 했다.

"아빠, 콜로세움 어때?"

아빠의 콜로세움은 어떤 느낌일까. 그토록 가보고 싶었던 곳을 마주한 감동은 과연 얼마만큼의 크기일까. 나는 아빠의 대답을 잔뜩 기대했다.

"어떻긴 뭘 어때. 웅장하지."
"끝이야?"

아아, 아빠의 대답은 한여름의 미지근한 맥주보다도 실망스러웠다. 그저 웅장하다니, 그게 끝이라니! 실망한 내 표정을 발견한 엄마는 네 아빠 그럴 줄 알았다며 킥킥 웃었다.

한참을 둘러보고 있는데 어디선가 귀에 익은 목소리가 수다스럽게 들렸다.

"옛날에 저기서 검투사들이 그렇게 싸웠던 게지. 검투사 두 명이 싸우기도 했고, 검투사랑 맹수랑 싸우기도 했고. 승자와 패자가 정해지면 관중들이나 황제가 패자를 죽일지 살릴지 결정했어. 영화에서 봤지? 엄지손가락을 이렇게 위로 들면 살리고, 아래로 내리면 죽이고. 옛날 사람들 참 잔인했어."

"저기 좀 봐. 옛날엔 기계도 없었을 텐데 이걸 어떻게 지었을까? 다 노예들이 하나하나 짊어지고 옮겨서 손으로 만들었겠지. 이야, 진짜 대단해."

"여보, 저기 좀 봐봐. 저기가 아마 황제가 앉았던 자리인가 봐. 저기서 이렇게 손가락을 위로 올렸다가 아래로 내렸다가. 저기 지붕이 있는 자리들은 귀족들이 앉았던 자리일 거야. 여보! 이리 와서 저기 좀 봐. 사진만 찍지 말고."

아빠였다. 아빠가 엄마를 붙들고 이야기를 하고 있었다. 아빠의 수다는 그 뒤로도 한참이나 이어졌다. 햇볕이 그렇게 뜨겁지만 않았다면 해가 저물 때까지 엄마는 아빠의 로마제국 이야기를 들어야 했을지도 모른다.

그렇게 아빠는 감격스러운 마음을 감추는 데 실패했다. 외롭고 괴로운 감정을 포함해 수많은 감정을 근엄함과 책임감의 무게로 숨긴 채 살아온 아빠였지만 당신이 꿈꾸고 상상했던 콜로세움 앞에서는 자신의 모든 감정을 다 내놓았다. 엄마는 왜 그렇게 수다스럽냐고 핀잔을 주었지만 나는 어린아이처럼 신난 아빠를 보는 것이 좋았다.

엄마, 좀 참아줘요. 아빠는 방금 소원 하나를 이뤘잖아요.

그날 밤, 나는 일기장에 이렇게 적었다.

오늘은 아빠의 꿈이 현실이 된 날이지만 나에게도 그렇다.
엄마 아빠와 함께 로마에 오다니!
나 역시 오늘 소원 하나를 지웠다.

희미하게 들리는 아빠의 코 고는 소리마저도 달콤했다.

며칠 뒤 아빠는 스위스 융프라우에 올랐다. 그렇게 아빠의 마지막 소원도 지워졌다.

이제, 아빠에게 또 다른 로망을 여쭤봐야겠다.

별이 빛나는 밤

Roma, Italia

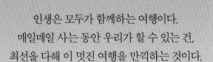

인생은 모두가 함께하는 여행이다.
매일매일 사는 동안 우리가 할 수 있는 건,
최선을 다해 이 멋진 여행을 만끽하는 것이다.

_ 영화 〈어바웃 타임〉

로마의 숙소는 현관문 옆에 큰방과 작은방이 나란히 붙은 넓고 깨끗한 아파트였다. 욕실이 있는 복도를 지나면 거실과 주방이 나타났다. 아침마다 햇볕이 따스하게 들어왔고, 창문 너머의 작은 성당은 예쁜 그림이 되어주었다. 옛날식이었지만 엘리베이터도 있었고, 슈퍼마켓과 지하철역도 가까웠다. 정작 그 지하철역을 이용한 것은 첫날 한 번뿐이었지만.

부모님과의 여행은 이제껏 내가 해왔던 여행들과는 패턴이 조금 달랐다. 아니, 아주 많이.

지하철역에서 멀지 않은 아파트를 고르느라 애를 먹었지만 막상 로마에 와보니 지하철을 이용하긴 어려웠다. 소매치기가 많기로 악명 높은 로마의 지하철에서 잔뜩 긴장해 어깨가 굳어진 부모님에게 계속해서 지하철을 고집할 수는 없었다. 게다가 뜨거운 태양이 내리쬐는 9월의 로마는 여전히 더웠다. 지하철 대신 수시로 우버 택시를 불러 이동했고, 그 때문에 여행비용이 예산에서 꽤 초과되었지만 한결 편하고 안전하게 다니니 좋다는 부모님 앞에서 그런 것쯤이야 아무렇지도 않았다.

오후 4시쯤이면 어김없이 택시를 타고 숙소로 돌아왔다. 부모님은 그 시간에 낮잠을 주무시거나 한국의 뉴스를 챙겨 보셨다. 아빠는 부부동반 모임 멤버들과 다녔던 패키지여행에서는 꿈도 꿀 수 없었던 오후의 휴식이 정말이지 너무 좋다고 몇 번이나 말씀하셨다.

저녁 7시가 되면 식사를 하기 위해 다시 밖으로 나가거나 슈퍼마켓에서 사 온 식재료로 직접 요리를 만들었다. 아빠는 그동안 다녔던 여행 중 이번이 제일 좋다는 얘기를 저녁식사 때마다 잊지 않았다. 이렇게 쉬엄쉬엄 다니니 해외여행도 할 만하다며 다음에도 또 이렇게 여행을 떠나자고 어느새 다음 여행을 계획하고 있었다.

남의 나라, 남의 주방에서 요리해보는 것이 로망이었다는 엄마는 이런저런 음식을 선보였다. 한식과 양식의 경계가 허물어진 엄마의 밥상이 재미있기도 하면서 묘하게 맛이 좋았다. 덕분

에 아파트 한구석에는 우리가 비운 와인 병이 쌓여갔고, 나는 하루에도 몇 번씩 설거지를 해야 했다.

여행의 패턴을 바꾼 것은 엄마 아빠의 체력을 생각해서였지만 오히려 더 좋았던 건 나였다. 평소보다 훨씬 많은 것을 신경 써야 했기에 늘 긴장을 놓을 수 없었던 나에게 오후에 주어지는 세 시간의 휴식은 정말로 꿀맛이었다. 낮잠을 자거나 남편과 통화하거나 친구들과 문자로 수다를 떨었다. 휴식 후의 저녁식사는 더없이 즐거웠다. 즐거운 마음으로 나누었던 엄마 아빠와의 대화는 절반이 웃음이었다.

저녁식사를 마치면 아파트 건너편 성당 앞 광장을 산책하다가 벤치에 앉아 또 수다를 떨었다. 다리 꼬고 앉으면 못쓴다, 머리맡에 휴대폰 충전하면서 잠들면 안 된다, 차가운 물 말고 따뜻한 물 마셔라 등 나를 향한 잔소리부터 이탈리아 남자들은 참 잘생겼는데 좀 느끼하다든지, 유럽 사람들은 개를 많이 키우는 것 같다든지 하는 여행에서 마주한 이야기로 넘어갔다. 맞은편 건물의 창문 중 우리 집 창문은 대략 어디쯤에 있을까 맞춰보기도 했다.

남편과 나의 이야기, 언니네 부부 이야기, 동생네 부부와 손주들 이야기까지 한 바퀴를 다 돌고 나면 그제야 다시 집으로 돌아왔다. 결혼하고 부모님과 떨어져 살면서부터는 자주 갖지 못했던 그런 시시콜콜한 시간들이 나는 마냥 좋았다.

밤 11시.

살금살금 걸어가 부모님이 주무시고 계신 방과 내 방문을 살짝 열어두었다. 엄마 아빠의 코 고는 소리를 자장가처럼 들으며, 창밖의 별을 보고 누웠다. 별 하나가 나에게 윙크하듯 반짝이던 그 밤, 다음번엔 엄마 아빠와 어디로 여행을 떠날까 고민하다가 잠이 들었다.

겨울을 손꼽는 밤

Sapporo, Japan

홀로 멀리 여행을 떠나라.
그곳에서 그리운 사람이
당신이 가장 사랑하는 사람이다.

_ 영화 〈냉정과 열정사이〉

한겨울의 짧은 출장, 삿포로를 택한 것은 한 장의 사진 때문이었다. 펑펑 내리는 눈 속에서 노천탕에 몸을 담그고 찬바람과 따뜻한 물의 온도차를 만끽하는 사람들의 사진. 그때부터 언젠가 반드시 '겨울의 삿포로'에 가겠다고 결심했다. 나도 그들처럼 눈발이 쏟아지는 노천탕에 들어가 온천을 즐기고 평화로운 노곤함을 느끼겠다고.

그리고 지금, 이번 출장을 일보다는 여행으로 즐기겠다고 마음먹었다. 해야 할 일 몇 가지를 동반한 여행.

그날부터 수시로 비행기 예약 사이트를 들락날락하면서 온천탕이 있는 저렴한 료칸(다다미가 깔린 전통 일본식 숙박시설)을 찾고 또 찾았다. 나의 삿포로 여행도 이미 그때부터 시작되었다.

나는 여행이란 낯선 곳을 향한 설렘과 호기심이 생길 때부터 시작되어 일상으로 돌아와 좀처럼 가시지 않는 여운 속에 빠져 있을 때까지 계속된다고 믿는다. 어쩌면 그래서 매일같이 여행하는 기분으로 살고 있는지도 모르겠다.

날카로운 바람이 서울을 꽁꽁 얼어붙게 만들었던 한겨울, 서울보다 더 매서운 추위에 휩싸인 삿포로에 가기 위해 아침 일찍 비행기를 탔다. 도시 전체를 뒤덮은 눈의 축제가 열리는 곳. 진한 수프카레 한 수저에 온몸이 녹아내리는 곳. 소복소복 내리는 눈 속에서 따뜻한 온천에 몸을 푹 담글 수 있는 곳.
이런저런 상상으로 궁둥이가 들썩거릴 무렵, 겨울보다 깊은 겨울이 찾아든 삿포로에 도착했다. 드디어 눈의 도시를 밟는다.

축제가 한창인 오도리 공원은 들뜬 걸음의 사람들로 분주했다. 날이 어두워지자 하얀 설상(雪像)과 반짝이는 빙상(氷像) 위로 다채로운 불빛이 쏟아졌다. 빛 덕분에 축제의 분위기는 한결 더 짙어졌다. 각각의 설상 위로 주제에 맞는 영상이 재생되었고, 빛은 음악에 맞춰 춤을 추었다.
다른 한쪽에서는 눈으로 만든 무대 위에서 밴드의 공연이 열렸다. 바깥쪽 거리에서는 따뜻한 음식을 팔았고, 곳곳에 마련

된 포토존에는 사진을 찍기 위한 줄이 길게 늘어섰다. 한 치의 오차도 없이 완벽하게 깎인 조각상들. 축제는 준비된 그대로 문제없이 흘러가고 있었다. 일본인들의 섬세함은 굳이 설명하지 않아도 이곳저곳에서 자연스럽게 묻어났다.

공원을 꽉 채운 조각상 사이를 폴짝폴짝 오가며 사진을 찍는 사람들 얼굴에 화사한 웃음이 피어났다. 그들을 바라보는 내 얼굴에도 금세 미소가 번졌다. 행복한 사람들 속에서 덩달아 행복해지는 것. 따뜻한 공기가 가득 찬 공간에서 좋은 에너지를 얻어가는 것. 함께 오지 못한 소중한 누군가를 떠올리는 것.

축제에 가야 하는 이유는 그것만으로도 충분했다. 잔뜩 말랑말랑해진 마음으로 삿포로의 밤거리를 걸었다. 눈이 내려 촉촉해진 길 위로 노란 불빛이 반짝였다. 그 길 위를 달리는 초록색 트램이 밤의 낭만을 더했다. 길 위에서 삿포로가 좋아졌다. 사랑하는 사람과 함께 언젠가 꼭 다시 와야지. 행복한 여행일수록 소중한 사람들이 더 그리워지는 법이니까.

다음 날, 보슬보슬한 눈이 소복하게 쌓인 작은 료칸에 도착했다. 극진한 대접을 받으며 도착한 방 안에는 작은 온천탕이 딸려 있었고, 다다미는 바닥을 빈틈없이 채웠다. 온천탕과 다다미가 있는 일본식 료칸에서 하룻밤 묵어보는 것이 나의 작은 소망 중 하나였는데, 오늘 밤 그것을 이루게 되었다.

뜨거운 김이 폴폴 올라오는 온천탕에 몸을 담그니 '아, 좋다!' 는 말이 저절로 나왔다. 하늘에는 달과 별이 반짝였고, 주변은 고요했다. 내가 움직일 때마다 따라오는 물결소리와 나뭇가지 가 바람에 흔들리는 소리, 가끔씩 들려오는 개 짖는 소리 외에 는 아무 소리도 들리지 않았다. 뺨에 닿는 공기는 몹시 차가웠 지만 몸은 점점 따뜻해졌다. 차가운 공기 덕분에 목욕이 오히려 더 상쾌했다. 따뜻한 물이 이불처럼 나를 폭 감싸 안는 기분. 추 운 겨울날 누릴 수 있는 최고로 호사스런 시간이 아닐까. 이마 와 콧잔등에 송골송골 땀이 맺히면 손등으로 스윽 닦아내고, 얼음처럼 차가운 맥주 한 모금을 들이켰다. 삿포로가 점점 더 좋아진다.

'세상에, 신선놀음이 따로 없구나.'

마음껏 호사를 부렸던 그날 밤에는 부모님과 시부모님 생각 이 유난히 많이 났다. 비록 출장길에서의 짧은 사치였지만, 이런 호화로운 밤을 나만 누리고 있다는 것이 마음에 걸렸다. 차가운 공기 속에서 즐기는 따뜻한 온천을, 두 뺨은 차갑게 몸은 노곤 하게 녹아드는 기분을, 뜨겁지만 시원하고 덥지만 상쾌한 이 공

기를 뚝 떼어 그분들에게 선물하고 싶었다. 얼마나 좋아하실까, 얼마나 기뻐하실까. 상상만으로도 이미 마음이 좋았다.

언젠가의 겨울, 나의 부모님과 남편의 부모님에게도 이런 밤을 선물해야겠다. 어서 다음 겨울이 오기를.

삶과 죽음, 그 어딘가의 밤

Kaohsiung, Taiwan

그날 난 깨달았어.
우리의 마음은 쉽게 겁을 먹는다는 것을.
그래서 속여줄 필요가 있지.
큰 문제가 생기면 가슴에 손을 대고 말하라고.
'알 이즈 웰'(All is well).

_ 영화 〈세 얼간이〉

고작 맥주 한 캔에 취한 줄 알았다. 그럴 리가 없다고 생각했지만 어지러움은 멈추지 않았다. 마치 술에 몹시 취했을 때 땅이 출렁이는 것 같은 기분이었다. 심한 파도를 만난 배 위에 선 기분. 나를 비롯한 우주 전체가 큰 파도 위에서 맥을 못 추고 흐느적거리는 느낌. 어지럼증인 것 같기도, 멀미가 난 것 같기도 한 그런 상태.

놀랍게도 그것은 지진이었다. 한국을 떠나 도착한 먼 땅에서 나 홀로 지진을 만난 것이다. 시간은 새벽 2시를 막 넘어가고 있었고, 나는 맥주 한 캔을 비운 후 다음 날 일정을 정리하고 있었다. 파도치듯 꿀렁거리던 흔들림은 이내 본격적으로 거세지기 시작했다. 침대 옆에 매달린 조명이 심하게 흔들렸고, 테이블 위에 놓인 유리잔들이 서로 부딪치며 요란한 소리를 냈다. 아까의 흔들림이 파도와 같았다면 이번에 찾아온 흔들림은 거대한 부언가가 호텔을 쥐고 흔들어대는 느낌이었다. 이러다간 건물이 그대로 무너져 죽을 수도 있겠다 싶었다. 생애 처음으로 죽음이란 것에 가장 가까이 다가선 순간이었다.

바닥에 최대한 가깝게 쪼그리고 앉아 여권과 지갑, 노트북과 카메라 등을 배낭에 담았다. 여차하면 배낭만 들고 도망칠 작정이었다. 지진이 조금 잠잠해진 틈에 복도에 나가보니 몇몇 사람들이 웅성거리며 모여 있었다. 그들 중에는 한국인도 있었다.

"이거 지진이죠?"

"네, 그런 것 같아요."

"어떡해요? 엘리베이터 타면 위험하겠죠?"

"네, 계단으로 가요."

공포에 질린 사람들과 함께 13층에서 1층까지 걸어 내려갔다. 엄마와 딸, 친구 사이, 부부 한 쌍과 나. 나는 비록 혼자였지만 그들이 곁에 있다는 것만으로도 힘이 되었다. 서로의 두려움을 달래주는 그들을 보며, 앞으로 혼자만의 여행은 조금 자제해야겠다는 생각이 얼핏 스쳤다. 이런 순간에 혼자인 것은 정말

옳지 않았다.

13층에서부터 걸어 내려간 것이 허무할 만큼 로비는 평온했다. 이 정도의 지진은 이곳에서 무척 흔한 일이니 걱정하지 말라며 직원들은 우리를 안심시켰다. 이 호텔은 내진설계가 아주 잘 되어 있으니 안심하라는 말도 덧붙였다. 올라갈 때는 엘리베이터를 이용하라는 말과 함께.

방으로 돌아와 침대에 누웠지만 도무지 잠을 잘 수가 없었다. 나도 모르게 깊은 잠이 든 사이 아까보다 더 거대한 지진이 이 호텔을 흔들면 어쩌나, 흔들림을 느낄 새도 없이 모든 것이 끝나버리면 어쩌나 무서웠다. 다시 혼자가 된 나는 잔뜩 겁을 먹고 움츠러들었다. 침대에서 일어나 주섬주섬 옷을 챙겨 입고, 아까 챙겨놓은 배낭에 옷가지 몇 벌도 넣었다. 그렇게 도망칠 준비를 끝내고 침대 끄트머리에 걸터앉으니 온몸의 힘이 빠져 축 늘어져버리고 말았다. 한동안 그렇게 멍한 상태로 앉아 아무것도 하지 못했다.

삶과 죽음이 종이 한 장을 사이에 두고 맞닿아 있는 것처럼 가까이 느껴지던 그날 밤. 밤새 한숨도 자지 못하고 떠올린 것은 그동안의 나의 인생이라거나 아직 하지 못한 일, 혹은 이루지 못한 꿈들에 대한 아쉬움과 같은 거창한 것들이 아니었다.

내 머릿속을 오롯이 채운 것은 남겨질 나의 사람들. 내가 떠난 후에 남겨질 소중한 사람들의 얼굴이었다.

만약 내가 이렇게 떠난다면… 가슴에 커다란 구멍을 안고 살아갈 부모님과 언니, 동생을 비롯한 나의 가족, 가끔씩 나의 빈자리를 느끼며 슬퍼해줄 친구들 그리고 아직 전기밥솥에 밥 짓는 방법 하나 모르는, '곁에 없으면 보고 싶고 곁에 있으면 괴롭히고 싶다'는 말로 애정 표현을 하던 나의 남편이었다. 아직 여행은 한참이나 남아 있었지만 당장이라도 그들이 있는 곳으로 달려가고 싶었다. 내가 돌아왔다고, 너무너무 무서웠다고, 미치도록 보고 싶었다고 말하고 위로받고 싶었다.

그동안 내 곁에 있어준 사람들이 나에게 얼마나 커다란 존재였는지, 얼마만큼 소중했고 항상 얼마나 보고 싶은 존재인지를, 삶과 죽음의 경계에 나 홀로 덩그러니 놓여 있는 것 같았던 그날 밤 깨달았다.

여행은 그렇게 불쑥 깨달음을 주기도 한다. 때론 이렇게 무시무시한 방법으로.

돌아오다

보호자가 되는 밤

Firenze, Italia

꿈을 꾸는 그댈 위하여,
비록 바보 같다 하여도
상처 입은 가슴을 위하여
우리의 시행착오를 위하여.

_ 영화 〈라라랜드〉

"아빠, 내 팔 꼭 잡아요."

　흔들리는 버스 안에서 아빠는 내 팔을 꼭 잡았다. 엄마는 출
입구 쪽 의자에 앉았지만 나와 아빠는 그렇지 못했다. 어정쩡하
게 자리를 잡은 바람에 몸을 의지할 만한 기둥이나 손잡이도
차지하지 못했다. 불안해하는 아빠에게 오른팔을 내어드리고
나는 두 다리에 최대한 힘을 주고 섰다. 다른 쪽의 손가락 끝으
로 의자 귀퉁이를 겨우 짚었다.

　아빠의 나이가 지금의 나와 비슷했을 시절, 아빠도 지금의
나처럼 팔 하나를 내어주고서 두 다리에 있는 힘껏 힘을 준 채
나를 지켜주시곤 했다. 당신의 팔을 매달리듯 붙잡고 서 있는

딸내미 때문에 이마엔 송골송골 땀방울이 반짝였다. 나 자신보다 아빠가 넘어지지 않는 데 온 신경을 곤두세운 채 두 다리에 잔뜩 힘을 주고 서서, 이마와 콧잔등에 땀방울이 피어난 지금의 나처럼.

자동차가 흔하던 지금과 달리, 내가 어린이였던 그때는 자동차가 있는 집이 그리 흔하지 않았다. 방학이나 명절을 맞아 시골에 계신 할머니 댁에 갈 때면, 양손 가득 바리바리 짐을 들고 버스를 탔다. 다시 기차를 타고 또 택시를 타야만 도착하는 먼 길이었다. 아빠가 길가에서 택시를 잡을 때면 우리 삼 남매는 저만치 떨어진 나무 뒤에 숨어 있다가 택시가 멈추면 잽싸게 뛰쳐나와 택시에 올라탔다. 그렇지 않으면 우리 가족 앞에 택시가 멈추지 않는다는 것을, 그럴 때마다 아빠가 택시 기사의 눈치를 살핀다는 것도 나는 여덟 살 무렵에야 깨달았다.

그랬던 내가 서른여덟이 되었고, 부모님의 보호자가 되어 이탈리아로 먼 여행을 떠나왔다. 나무 뒤에 숨어 택시를 기다리던 꼬맹이는 엄마 아빠를 위해 앞장서 택시를 잡았다. 맛있는 식당을 골라 예약했고, 주저 없이 길을 안내했다. 추위를 타는 엄마가 감기에 걸리지 않도록 스카프를 둘러주었고, 흔들리는 버스

안에서 아빠가 넘어지지 않도록 팔 한쪽을 내어드렸다.

보호자가 되어 하는 여행은 생각보다 훨씬 더 힘들었다. 매일 밤 그날 쓴 비용을 정리하고 다음 날 일정을 체크하고서 엄마 아빠가 잘 주무시고 계시는지, 현관문은 잘 잠겼는지를 모두 확인한 후에야 잠자리에 들었다. 언제나 제일 마지막까지 깨어 있는 사람은 나였다. 머리가 닿기도 전에 곯아떨어졌다.

반면, 가장 먼저 일어나는 사람은 아빠였다. 아침마다 아빠는 내 방에 들러 이불을 덮어주고, 한참을 내려다보다가 조용히 방문을 닫고 나가시고는 했다. 정신없이 자다가 잠에서 깨어 주방으로 나가보면 어느새 엄마는 아침 밥상을 한가득 차려놓고 나갈 때 챙겨갈 커피까지 끓여놓고 계셨다.

우리는 그렇게 서로가 보호자가 된 여행을 하고 있었다.

서로를 끊임없이 걱정하고 보살피는 여행.

그래서 나는 그 여행이 정말 좋았다. 갑자기 문득 이 순간이 벅차기도 했고, 나란히 걸어가는 엄마 아빠의 뒷모습에 울컥하기도 했다. 오후의 휴식으로 인해 계획했던 일정이 반 토막 나기 일쑤였지만 하나도 아쉽지 않았다. 오히려 휴식이 있는 여행, 내 멋대로 하는 여행의 즐거움을 하나씩 느끼고 계신 부모님을 볼 때마다 흐뭇하고 뿌듯했다.

"많은 것을 보지 않아도 돼. 꼭 거기에 가지 않아도 지금 이
것만으로도 좋아."

여행이란 꼭 목적지에 닿아야만 행복한 것이 아니다. 그 과
정 자체가 행복이라는 것을, 보호자가 되어 많은 것을 포기해야
했던 그 여행에서 알았다. 당신들만의 방식으로 여행을 즐기고
계신 부모님을 보면서 나의 여행 유전자가 어디에서 비롯되었는
지를 새삼 깨달았다.

서로가 서로의 보호자가 된 여행은 힘들었지만 애틋했다. 한
없이 따뜻했고, 때때로 온기가 넘쳐 벅차오르기도 했다. 이 시
간이 얼마나 귀한지를 알기에 순간순간이 소중했다. 그래서 그
소중함이 옅어지기 전에 또다시 서로의 보호자가 되는 여행을
떠나려 한다. 그때는 지금보다 조금 더 나은 보호자가 되어 있
기를 바라면서.

캠핑의 밤

Pocheon, Korea

'오늘'이란 평범한 날이지만
미래로 통하는
가장 소중한 시간이야.

_ 영화 〈업〉

비가 몹시 내리던 날이었다. 갑자기 남편이 전화를 걸어 텐트 위로 떨어지는 빗방울 소리를 들으며 잠들고 싶다고 했다. 그러면 스트레스가 몽땅 날아갈 것 같다면서.

"그래? 그럼 가자!"

우리는 두 시간을 달려 경기도의 한 캠핑장에 도착해 비를 쫄딱 맞으며 텐트를 쳤다. 시간은 이미 밤 10시를 넘어가고 있었다. 비는 점점 더 세차게 쏟아졌다. 축축한 침낭으로 들어가 눕는 일은 끔찍했지만 콧노래까지 흥얼거리는 남편을 보니 그걸로 됐다 싶었다. 그날 밤엔 모처럼 텐트 위로 떨어지는 빗방울 소리를 실컷 들었다. 옷도, 몸도, 침낭도 모든 것이 비에 젖어

눅눅했지만 마음만은 보송보송한 밤이었다.

다음 날 아침, 맑게 갠 하늘 아래서 커피를 끓였다. 남편은 내가 커피 한 잔을 다 마실 때까지도 일어나지 않았다. 슬슬 배가 고파질 무렵 어기적거리며 일어난 남편은 배꼽이 다 드러나도록 기지개를 켰다.

"이 맛에 캠핑을 하는 거지!"

그는 시키지도 않았는데 라면 물을 얹더니 어젯밤처럼 콧노래를 흥얼거렸다. 그 모습에 피식 웃음이 났다.

틈만 나면 캠핑을 떠나지만 처음부터 캠핑이 좋았던 것은 아니다. 캠핑의 '캠' 자도 모르던 초보 캠퍼 시절에는 텐트를 치고 식기를 정리하고, 테이블과 의자를 세팅하고, 잠자리를 만드는 데 시간과 에너지를 다 쏟아야 했다. 그러는 동안 남편과 열 번도 넘게 싸웠다.

길바닥에 얇은 텐트 하나를 쳐놓고 그 안에서 밤을 보내는 일도 처음에는 내키지 않았다. 말이 좋아 캠핑장이지, 실은 흙투성이 맨바닥이지 않은가. 게다가 화장실을 이용하는 일도, 씻

는 것도 집과 같을 수 없으니 두려움과 걱정이 앞섰다. 그런 나에게 캠핑이 좋은 이유를 끝도 없이 늘어놓으며 설득한 건 남편이었다. 덩치와 어울리지 않게 말랑말랑한 감성을 가진 사람. 나보다도 눈물이 많은 사람.

새까만 밤하늘에 별이 얼마나 쏟아지는지. 타오르는 모닥불 앞에서 멍 때리는 시간이 얼마나 소중한지. 텐트 위로 비치는 나뭇잎 그림자가 얼마나 예쁜지. 모닥불 깊숙이 넣어둔 고구마는 얼마나 달콤한지. 따뜻하게 데워진 침낭 속이 얼마나 포근한지. 텐트 위로 떨어지는 빗방울 소리는 얼마나 낭만적인지. 아침 햇살 아래서 끓여 먹는 모닝 라면은 얼마나 환상적인지. 나른한 오후, 해먹에서 빠져드는 낮잠이 얼마나 꿀맛인지. 풀벌레 소리가 들려오는 텐트 안에서 두런두런 나누는 이야기는 얼마나 따뜻한지.

"그래, 알았어. 같게, 가자."

그렇게 못 이기는 척 따라나선 캠핑은 불편한 점이 너무 많았다. 잠자리도 불편했고, 씻는 것도 불편했다. 화장실을 가려면 한참을 걸어 나가야 했다. 텐트 밖을 지나가는 사람들의 발소리에 깜짝 놀라고 고양이 울음소리에 잠이 들었다 깨다를 반복했다. 테이블과 의자를 정리하다가 손톱이 부러져 기분이 상했고, 이 모든 게 나를 여기로 데려온 탓이라며 남편에게 짜증을 부렸다. 나의 첫 번째 캠핑은 그렇게 불평투성이였다.

그런데 참 이상하게도 그 불편했던 여행이 자꾸만 생각났다. 그날 밤 하늘에서 쏟아지던 별빛이, 타닥타닥 타들어가던 모닥불이, 그 모닥불 앞에서 듣던 노래가, 포근했던 침낭이, 남편이 끓여준 모닝 라면이, 나무 그늘에서 마셨던 커피가, 몽실몽실 보드랍던 바람이 자꾸만 떠올랐다.

아마도 나는 그렇게 스며들었던 것 같다. 절대로 좋아하게 되지 않을 것이라 생각했던 불편함에 말이다. 이제는 내가 캠핑을 가자고 졸라댄다. 필요한 것들을 쉽게 얻을 수 있는 도시를 떠나 하나부터 열까지 모든 것을 내 손으로 해야 하는 불편함이 좋다. 불편함 속에서 잠들고 아침을 맞는 일이 좋다. 일상에서 벗어난 해방감도, 일상에선 꼭 지켜야 했던 것들을 놓아버림으로써 찾아오는 통쾌함도 좋다.

샤워쯤이야 하루 이틀 건너뛰고, 1분 만에 양치질을 마친 뒤 고양이 세수를 하는 것. 천연 재료들로 정성껏 육수를 만들어 끓이던 찌개에 라면수프를 슬쩍 넣어보는 것. 즉석밥과 라면은 기본이고 각종 냉동식품과 레토르트 식품들을 섭렵하는 것. 다 마신 맥주 캔을 농구를 하듯 쓰레기봉투에 던져 넣는 것. 생수 병 주둥이에 입을 대고 마시고, 입 주변의 물을 손등으로 쓱 닦아내는 것. 매일 같은 옷을 입는 것. 무릎이 나온 추리닝 바지를 입고 모자를 눌러쓰는 것. 화장하지 않은 맨얼굴로 캠핑장을 활보하는 것 등등.

일상에선 지키려고 노력했던 나름의 질서와 규칙들을 놓아 버림으로써 찾아오는 통쾌함과 청량감. 그게 그렇게 좋을 수가 없다. 외출했다 집에 돌아오자마자 탈출하듯 속옷부터 벗어버리는 시원함 같다고나 할까.

캠핑은 어차피 일상이 아니니 괜찮다. 그러려고 떠나온 캠핑이니 괜찮다.

여름밤엔 모기가, 겨울밤엔 추위가 괴롭히지만 그것 또한 별 문제가 되지 않는다. 여름밤엔 풀벌레 소리를, 겨울밤엔 한결 더 포근하게 느껴지는 침낭이 있으니 말이다. 운이 좋으면 텐트 위로 소복소복 눈 쌓이는 소리를 들으며 잠들 수 있으니 한겨울의 캠핑이 오히려 더 좋다. 그런 밤에는 작은 텐트에 남편과 나란히 누워 오래도록 이야기를 나눈다.

"내일 점심에 떡볶이 해 먹을까?"

"그러자. 어묵탕도!"

"나중에 꼭 전국의 캠핑장을 일주하는 여행을 하고 싶어. 꼭 가자!"

"그래, 서울에서 제주까지. 그땐 울릉도도 가봐야지!"

언젠가의 행복을 두런두런 나누다 슬며시 잠드는 밤. 서로에게 의지하며 어깨를 맞대고 잠드는 밤. 그런 밤이 있는 캠핑을 어찌 사랑하지 않을 수 있을까.

함께 걷는 밤

Taipei, Taiwan

어떤 사람은 평범한 사람을 만나고,
어떤 사람은 광택이 나는 사람을 만나고,
어떤 사람은 빛나는 사람을 만나지.
하지만 모든 사람은 일생에 한 번
무지개같이 변하는 사람을 만난단다.
네가 그런 사람을 만났을 때,
더 이상 비교할 수 있는 게 없단다.

_ 영화 〈플립〉

'타이베이 야시장에 가면 꼭 먹어야 할 것'이라는 메모를 휴대폰에 저장해놓고 야시장으로 향했다. 배를 비우기 위해 온종일 많이도 걸었다. 야시장의 맛있는 먹거리들을 최대한 빠짐없이 맛보기 위해서였다. 모름지기 야시장이란 먹기 위해 가는 곳. 보기만 해도 침이 고이는 수많은 음식을 두고 허무하게 뒤돌아설 수는 없었다.

도시를 뜨겁게 달구었던 한낮의 태양이 물러가고 선선한 저녁을 맞이하는 시간, 도시 곳곳에서는 야시장이 시작된다. 이제막 문을 연 시장에는 활기가 넘쳐나서 그 속의 사람들을 보는 것만으로도 신이 난다. 상인들끼리 눈을 마주치며 '오늘도 파이팅!' 눈인사를 나누는 시간. 그들 속에 있으면 왠지 모르게 나도

힘이 나는 것 같아서 대만에 갈 때면 야시장이 시작되는 시간에 맞춰 가 있곤 한다.

"여기서 제일 먹고 싶은 세 가지가 뭐야?"

남편에게 물었다.

"음, 큐브스테이크랑 대왕닭튀김이랑 베이컨파말이!"
"뭐야, 다 고기잖아."
"고기여도 다 다르잖아. 소, 닭, 돼지."

다 먹어보리라 단단히 벼르고 있는 사람처럼 말하는 남편을 보니 웃음이 났다.

"나는 치즈감자랑 화덕만두! 그리고 디저트로 파파야우유 먹을 거야."
"다 먹을 수 있지?"
"못 먹으면 호텔에 가져가서 내일 아침에 먹으면 돼."

우리는 사뭇 비장했다. 원래 야시장은 먹으러 오는 거라고,

간식이 아니라 저녁식사 대신 먹는 거라고, 게다가 우린 오늘 이 시간을 위해서 2만 걸음을 걷지 않았느냐고, 조잘조잘 수다를 떨다가 우리의 첫 목표인 큐브스테이크 앞에 줄을 섰다. 인터넷의 유명한 집들을 검색할 필요도 없었다. 소문난 집들은 이미 줄이 길었다.

"오, 맛있겠다."

두툼한 고깃덩어리를 철판 위에 올려 앞뒤로 노릇하게 굽고 쓱싹쓱싹 큐브 모양으로 썰어낸 뒤, 토치로 다시 한번 겉면을 먹음직스럽게 구워서 내주는 큐브스테이크. 맛있겠다는 말이 절로 나왔다. 드디어 우리 차례가 되었다. 남편이 먼저 맛을 보았다. "어때?"라고 물었더니 "음, 그냥 고기 맛."이라는 답변이 돌아왔다. 참나, 그냥 고기 맛이라니. 뻘뻘 땀 흘리며 구워준 사람이 들으면 서운하겠네.

두 번째로 베이컨으로 쪽파를 돌돌 감아 숯불에 구운 베이컨파말이를 하나씩 먹었고, 세 번째는 '지파이'라 불리는 대왕 닭튀김을 먹었다.

"나는 지금까지 먹은 셋 중에 지파이가 제일 맛있어. 역시

튀김은 실패하는 법이 없지!"

세 종류의 고기를 다 맛본 후 남편이 말했다. 호텔에 가져가서 맥주와 함께 먹겠다며 지파이 하나를 추가로 주문했다.

"그래, 맥주엔 튀김이지. 그럼 저기 가서 대왕오징어튀김도
살까?"

음식 앞에서 우리 부부는 그 어느 때보다도 죽이 잘 맞았다. 식성이 영 딴판인 사람과 결혼했다면 어땠을까 하는 생각을 복잡한 야시장 한복판에서 잠시 해보기도 했다. 그렇게 대왕오징어 한 마리와 내가 먹고 싶었던 치즈감자도 하나 포장했고, 생파파야를 넣고 갈아주는 파파야우유와 함께 화덕에 구운 만두를 사이좋게 하나씩 먹고 나서야 우리의 먹부림은 끝이 났다. 기분좋게 배는 부르고, 바람은 선선했고, 약간은 나른했다. 만족스러운 저녁식사였다.

양손 가득 음식이 든 비닐봉지를 들고 호텔까지 걸었다. 가는 길에 편의점에 들러 맥주와 아침에 먹을 요구르트와 과일도 샀다.

"오늘 쇼핑은 하나부터 열까지 다 먹을 것들이네."

계산대 앞에서 눈이 마주친 우리는 킥킥 웃었다.

서울로 돌아오는 비행기를 기다리면서 남편에게 "이번 여행에서 어디가 제일 좋았어?"라고 물었다. 눈동자를 굴리며 잠시 생각하던 남편은 "다 좋았는데, 그중에서도 야시장!" 하고 답했다. 여행으로, 출장으로 수도 없이 대만을 다녀가면서, 대만 전역의 야시장이란 야시장은 두루두루 다녀본 나도 남편과 함께했던 그날 밤의 야시장이 제일 즐거웠다. 공기는 서늘해서 상쾌했고, 하나하나 도전하듯 먹어본 음식들도 다 맛있었다. 호텔로 걸어오는 길에 나눈 시시콜콜한 이야기도, 다음 날 아침에 먹었던 다 식은 음식마저도 좋았다.

여행이란 누구와 함께하느냐에 따라서 같은 곳이라도 제각각 다르게 기억된다. 여행의 기억이 점차 희미해질지라도 함께했던 사람은 선명하게 기억되는 여행. 마주 앉아 나누었던 대화들이 영원히 기억되는 여행. 그래서 언제나 마음속에 사진처럼 간직되는 여행.

그런 의미에서 남편은 나에게 최고의 '여행 메이트'다. 함께했

던 여행지를 모두 좋은 기억으로 간직할 수 있도록 곁에 있어
준 사람.

우리 다음 여행은 어디로 갈까요?

행복을 이야기하는 밤

Paris, France

천국에 들어가려면
두 가지 질문에 답해야 한다는군.
"인생에서 기쁨을 찾았는가?"
"당신의 인생이 다른 사람들을 기쁘게 해주었는가?"

_ 영화 〈버킷리스트〉

파리에서 묵었던 숙소는 한국인 아주머니가 운영하는 민박
이었다. 중심지에서 살짝 벗어난 곳의 주택을 개조해서 만든 집
에는 적게는 네 명에서 많게는 여덟 명의 여행자들이 함께 지내
는 방이 여러 개 있었다. 네 명이 묵는 방이 가장 비쌌고, 여덟
명이 묵는 방은 가장 저렴했다.

그때의 나는 아직 여정이 많이 남은 가난한 배낭여행자였으
므로 가장 저렴한 방을 선택할 수밖에 없었다. 하루 20유로면
따뜻한 이불을 덮고 두 다리를 쭉 뻗을 수 있는 침대와 함께 한
식으로 푸짐하게 차려진 아침식사와 저녁식사까지 제공되는
방. 가난한 배낭여행자에게 그곳보다 더 좋은 곳은 없었다.

무엇보다도 그곳이 좋았던 이유는 매일 밤마다 거실에서 크
고 작은 술판이 벌어진다는 것이었다. 어떤 날엔 조촐하게 맥주

파티를 하기도 했고, 어떤 날엔 주인아주머니가 꺼내놓은 박스 와인으로 와인 파티를 하기도 했다. 그러다 새로운 여행자가 풀어놓은 보따리에 소주와 라면 등이 있는 날에는 부어라 마셔라 하며 거하게 술을 마시기도 했다. (그때의 나는 젊었으니까.)

그 시간이 좋았던 이유는 비단 술 때문만은 아니었다. 그곳의 여행자들은 밤이 되면 하나둘씩 거실의 테이블 앞으로 모여들어 밤이 깊어가는 줄도 모르고 오늘의 행복을 이야기하고 내일의 행복을 고민했다. 어디에 가면 맛있는 크루아상을 먹을 수 있는지, 어디에 가면 인생사진을 남길 수 있는지, 또 어디에 가면 에펠탑이 제일 잘 보이는지. 모두가 한마음으로 나누었던 여행의 행복. 다른 이들의 이야기를 듣는 그 시간마저도 나에겐 여행이었다. 어떤 날엔 낮의 여행보다 밤의 파티가 더 즐거웠다. 여행자가 되어 파리 시내를 누비면서도 빨리 밤이 되기를 기다린 날도 있었다.

모두 머리를 모아 내일은 어떻게 더 행복할까를 궁리하는 밤.

행복이 음표가 되어 둥실둥실 떠다니는 밤.

그곳의 밤은 매일 행복이 넘쳤다.

잠들지 않는 밤

Istanbul, Turkey

우연이란,
노력하는 사람에게
운명이 놓아주는 다리입니다.

_ 영화 〈클래식〉

이스탄불에서 친구와 함께 한 달 넘게 머물던 시절, 이스탄불의 명동이라 불리는 탁심의 거리는 우리에게 아지트 같은 곳이었다. 바삐 걸어가는 사람들 속에서 돈두르마 아이스크림을 할짝거리며 빈둥거리는 재미는 꽤 쏠쏠했다. 그러다가 배가 고파지면 골목 안쪽의 작은 케밥 집에 앉아 돌돌 말린 케밥을 먹었다. 해가 질 때쯤에는 바닷가에 앉아 발갛게 익어가는 노을을 감상하거나 호탕하게 웃으며 물고기를 낚는 도시의 어부들을 구경하기도 했다. 길었던 이스탄불 여행은 그렇게 점점 일상이 되어갔다.

그날도 별일 없는 하루를 시작하듯 탁심의 거리로 나섰다. 느지막이 일어나 일단 탁심으로 간 뒤, 그곳에서 아침식사(남들에게는 점심식사)와 함께 커피를 마시며 그날그날 갈 곳을 정하는 것이 친구와 내가 한 달여를 지내온 방식이었다.

우리의 일상은 변한 것이 없었지만 그날의 탁심 거리는 무언가 달랐다. 거리 위의 사람들은 알록달록한 유니폼을 입고, 각종 응원 도구들을 몸에 두르고 큰 소리로 노래를 불렀다. 어느새 단골이 된 케밥 집 사장님에게 물어보니 이스탄불을 대표하는 축구팀 '갈라타사라이'와 '베식타스' 팀의 라이벌 경기가 열리는 날이라고 했다. 아마도 오늘 밤 탁심에서는 축제가 열릴 것이라고, 너희들은 정말 운이 좋다고 신이 나서 설명을 늘어놓았다. 너희들이 갈라타사라이를 응원해주면 오늘 밤 그들이 승리할 것이라며 차이(터키인들이 즐겨 마시는 홍차로 하루에 약 5~10잔의 차이를 마신다)도 한 잔 내어주었다. 그렇게 우리는 차이 한 잔에 갈라타사라이의 팬이 되기로 했다.

그날 저녁, 도미토리의 몇몇 여행자들과 함께 탁심의 펍으로 향했다. TV가 잘 보이는 테이블에 자리를 잡고 앉아 라이벌 간의 팽팽한 경기를 숨죽이고 지켜봤다. 접전을 계속하던 경기는 갈라타사라이의 승리로 끝이 났다. 우리는 처음 보는 사람들과 얼싸안고 손뼉을 치며 팔짝팔짝 뛰었다. 다른 사람들을 따라 거리로 나서니, 승리의 기쁨을 노래하는 사람들로 이미 축제가 시

작되어 있었다. 지나가는 차들은 승리의 경적을 울려댔고, 사람들은 너나 할 것 없이 하이파이브를 나누었다. 누군가는 어깨동무를 한 채 춤을 추었고, 누군가는 담장 위에 올라가 나팔을 불고 깃발을 흔들었다.

그들의 축제 가운데 섞여 있던 까만 머리의 동양인 다섯 명. 사람들은 어색해하는 우리에게 유니폼을 쥐여주고 팀의 깃발을 어깨에 걸쳐주며 노래를 가르쳐주었다. 축제의 무리에 섞여 함께 노래를 부르고 깃발을 흔들던 우리는 어느새 갈라타사라이팀의 진짜 팬이 되었다.

생전 처음 들어보는 축구팀의 승리에 팔짝팔짝 뛰며 기뻐하고, 응원가를 따라 부르며 그들의 축제에 흠뻑 젖어 들게 될 줄이야! 여행은 언제나 그랬듯 예측 불가다.

축제는 자정을 훌쩍 넘겨 새벽이 될 때까지 끝나지 않았다. 그 밤의 이스탄불은 아침이 올 때까지 잠들지 않을 것 같았다.

그날의 여운은 그렇지 않아도 빈둥거리는 재미에 빠졌던 우리를 더욱 무계획의 느림보로 만들었다. 딱히 무언가를 계획하지 않아도 즐거운 일이 생겼고, 좋은 사람들을 만났다. 기억에서 흐려지는 것이 아쉬워 자꾸만 바라보게 되는 풍경도 우연히 만났다. 이스탄불에서는 모든 것이 예측 불가였다. 이스탄불과의 이별을 자꾸만 뒤로 미루게 된 것도 예측 불가의 내일이 사라지는 것에 대한 아쉬움 때문이었는지도 모르겠다.

내게 첫사랑과도 같았던 도시, 이스탄불과의 이별을 결심한 것 역시, 예정에 없던 날의 일이었다. 여행자의 본분을 망각하고 현실감 없이 지내는 나를, 어느 날 아침 멀뚱멀뚱 천장을 바라보다가 문득 발견한 것이다. 당장 무언가를 하지 않더라도, 그냥 그곳에 있다는 사실만으로도 행복했지만 더는 내게 이스탄불에 대한 설렘이나 호기심은 없었다. 여행이 일상이 되어 설레지 않음을 알았을 때, 나는 더 이상 여행자가 아님을 깨달았다.

"우리 이제 갈까?"

침대에 누워 잔잔히 말을 건네는 내게 친구는 고개를 끄덕이며 말했다. 그녀도 같은 생각이었다고, 사실 며칠 전부터 떠날 때가 되었다는 생각이 들었다고 했다.
자주 가던 탁심의 카페에 앉아 바르셀로나로 떠나는 비행기와 숙소를 예약했다. 다음 여행 계획을 세울 시간이었다.
이스탄불과의 이별을 결심한 그 순간부터 우리는 다시 여행자가 되었다.

인생은 여행의 마지막 밤

Barcelona, Spain

길이 너무 실없이 끝나버린다고
허탈해할 필요는 없어.
방향만 바꾸면
여기가 또 시작이잖아.

_ 영화 〈가을로〉

또다시 짐을 싼다. 한 달 반의 시간 동안 매일 밤 반복했던 일. 너무 귀찮아서 옷가지며 세면도구 등을 대충 쑤셔 넣기도 하고, 아예 짐을 풀지 않고 필요한 것만 쏙쏙 뽑아 쓴 날도 있었 다. 그러나 귀찮고 번거롭게 느껴졌던 일도 시간이 지나며 아무 렇지도 않아졌고, 그것조차 일상이 되었다. 짐을 풀고 또 싸는 일쯤이야 이제 눈 감고도 할 수 있게 되었을 때쯤 긴 여행의 마 지막 밤을 맞았다.

마트에서 봐온 재료들로 뚝딱뚝딱 도시락을 만들 때, 지도를 보지 않고도 숙소까지 찾아갈 때, 차디찬 즉석밥 하나로도 행 복해질 수 있음을 알았을 때, 낯선 사람들과 이제 좀 친해졌다 느낄 때가 되어서야 비로소 여행이 끝날 때가 되었음을 알았다.

여행의 끝은 항상 많은 것을 잘 할 수 있게 되었을 즈음에 찾아왔다. 그래서 늘 아쉽고 후회도 많았다.

돌이켜보면 언제나 그랬다.

밤을 꼴딱 새우며 과제를 하는 것이 익숙한 일상처럼 느껴질 때쯤 졸업했고, 보고서 몇 장쯤은 거뜬하게 작성할 수 있을 때쯤 회사를 그만뒀다. 따뜻한 스웨터와 푹신한 신발쯤은 어렵지 않게 사드릴 수 있게 되었을 때 사랑하는 할머니는 세상을 떠났다. 늘 내 곁에 있어줄 것 같았던, 그래서 조금은 소홀했던 친구에게 배신을 당하기도 했다.

'좀 더 잘 할걸, 좀 더 노력할걸.'

인생은 언제나 아쉽고 후회스러운 것투성이다. 아쉽고 또 아쉬워서 아침이 오지 않기를 바랐던 여행의 마지막 밤처럼 말이다.

제자리로 돌아오는 밤

Seoul, Korea

세상 풍경 중에서 제일 아름다운 풍경
모든 것들이 제자리로 돌아가는 풍경
세상 풍경 중에서 제일 아름다운 풍경
모든 것들이 제자리로 돌아오는 풍경

_ 〈풍경〉, 시인과 촌장

비행기가 인천공항에 착륙하는 순간.

꿈결 같았던 시간을 뒤로하고 다시 일상으로 들어서면 여행을 시작할 때와는 또 다른 설렘이 시작된다. 나의 사람들이 있는 곳, 나의 공간이 있는 곳, 나의 물건들이 있는 곳. 그곳으로 다시 돌아간다. 발걸음이 자꾸만 빨라진다.

조금만 더 계속되기를 바라던 여행도 있었고, 당장이라도 집으로 돌아가고 싶던 여행도 있었다. 비현실적인 아름다움에 잠시 현실을 잊었던 여행도, 여행지에서 마주친 현지인들의 아름다운 일상에 오히려 나의 현실이 그리워진 여행도 있었다.

색깔도 결도 모두 달랐지만 그 모든 여행의 끝에는 그리운 나의 '일상'이 기다리고 있었다.

변함없는 창밖.

그대로인 침대.

매일 앉았던 의자.

죽지 않고 버텨주어 고마운 화분들.

물기가 바싹 마른 욕실.

창틀의 먼지.

언제나 두 팔 벌려 환영해주는 가족과 친구들.

모든 것이 그대로다. 모든 것이 익숙하다.

창문을 활짝 열고 최신가요 인기 순위 100위에 들어 있는 음악을 틀었다. 쌓인 먼지를 털어내고 걸레질을 했다. 먼지 냄새가 밴 베갯잇과 이불보도 걷었다. 세탁기 가득 빨래를 넣어 돌리고 커피를 내리며 노래를 흥얼거렸다. 남편이 저녁에 먹을 떡볶이 재료를 손질하는 동안 나는 빨래를 널었다.

지극히 사소한 일상의 순간 속에서 마음의 안정을 얻었다. 너무나 익숙한 일상에 잘 도착했음에 비로소 여행이 끝났음을 실감했다. 그 속의 모든 것들이 낯설지 않아서, 모두가 그 자리에 그대로 있어주어서 감사했다. 여행의 완성은 잘 돌아오는 것임을, 여행의 끝에서 기다리고 있는 일상을 잘 만나는 것임을 새삼 느낀다.

　그리고 그렇게 흔들림 없이 제자리를 지켜주는 일상이 있으니, 나는 또 다른 여행을 꿈꿀 수 있다. 돌아올 곳이 있는 여행, 그러니 나의 여행은 방랑이 아니다.

여
행
자
의 밤